"साइबर सुपारी"

मुख़्तार नक़वी

डायमंड बुक्स

www.diamondbook.in

प्रकाशक : डायमंड पॉकेट बुक्स (प्रा.) लि.
X-30 ओखला इंडस्ट्रियल एरिया, फेज-II
नई दिल्ली – 110 020
फोन   : 011- 40712200
ई-मेल   : sales@dpb.in
वेबसाइट   : www.diamondbook.in

CYBER SUPARI
By : Mukhtar Naqvi

1.

सुप्रीम इन्टरनेशनल एक बड़ी मल्टी नेशनल कम्पनी है। ऑटो मोबाइल के क्षेत्र में बिजनेस का बड़ा हिस्सा इस कम्पनी के हिस्से में आता है। देश में ही नहीं, बल्कि अड़ोस-पड़ोस के देशों नेपाल-बांग्लादेश के साथ ही इसका व्यापार अरब और अफ्रीकी देशों में भी अच्छा चल रहा है। सुप्रीम इन्टरनेशनल इन दिनों धंधे में मंदी की मार झेल रही है। कारण, कम्पनी और इनके बोर्ड सदस्यों के खिलाफ़ भयंकर दुष्प्रचार, सोशल मीडिया में छाया हुआ है। हैरान परेशान बोर्ड के सदस्यों की बैठक चल रही है। बैठक में कम्पनी के चेयरमैन पुनीत गोयल सहित सभी सदस्य कम्पनी के खिलाफ़ चल रहे हैं। इस साइबर साज़िश पर चिन्ता और इसको रोकने का रास्ता ढूंढ रहे हैं।

"अब तो हद हो गई। अभी तक कम्पनी के प्रॉडक्ट्स के खिलाफ़ दुष्प्रचार अभियान चल रहा था। अब तो बोर्ड मेम्बरों के खिलाफ़ भी झूठी कहानियाँ सोशल मीडिया में छाई हुई हैं।" चेयरमैन पुनीत गोयल बोर्ड मेम्बरों को सम्बोधित कर कहते हैं।

"हद तो तब हो गई जब हमारे चीफ के खिलाफ़ फ़ेक अश्लील वीडियो वायरल किया गया।" बोर्ड मेम्बर राहुल राव ने मोबाइल दिखाते हुए कहा।

"इस पूरे प्रकरण में रंगराजन एण्ड कम्पनी का सीधा हाथ है। हमारी बदनामी का सीधा फायदा भी उसी को हो रहा है। हमारे थ्री-व्हीलर के जो ऑर्डर नेपाल ने कैन्सिल किये, वह उसको मिल गये हैं।" बोर्ड सेक्रेटरी राधा वेंकट ने सदस्यों को बताया।

"लेकिन इसका कोई जवाबी कदम तो हमें फ़ौरन उठाना चाहिए।" चेयरमैन बोले।

"मैं एक कम्पनी को जानती हूँ जो फ़ेक साइबर साज़िश की कहानियों के क्षेत्र में उस्ताद है।" राधा वेंकट ने बताया।

"हमें उससे फ़ौरन सम्पर्क करना चाहिए।" चेयरमैन ने कहा।

"पर कहीं अगर उसी कम्पनी को रंगराजन एण्ड कम्पनी ने हायर कर रखा हो तो?" एक बोर्ड मेम्बर ने सवाल किया।

"कोई और भी तो इस क्षेत्र में होगा।" चेयरमैन ने पूछा।

"मैं एक ऐसी कम्पनी को जानता हूँ, पर वह सिंगापुर से ऑपरेट करती है।" राहुल राव ने जानकारी देते हुए बताया।

"अरे कहीं से भी करती हो, हमें तो काम से मतलब है, पर बिना वक्त बिताए हमें कड़ा जवाबी हमला करना होगा।" चेयरमैन ने कहा।

इस काम के लिए राधिका और राहुल राव को लगाया गया। राधिका ने उस साइबर कम्पनी से सम्पर्क किया जो हैदराबाद से ऑपरेट करती थी। उसके मुख्य व्यक्ति से मिलने का समय तय कर राधिका खुद हैदराबाद पहुँच गई। उसकी मुलाकात उस कम्पनी के प्रमुख व्यक्ति से एक पांच सितारा होटल में तय हुई।

राधिका के रूम में एक अधेड़, अधपकी दाढ़ी और हैट लगाए व्यक्ति और उसके साथ जीन्स-टॉप में लड़की पहुंचती है। दोनों राधिका से हाथ मिलाते हैं और सोफे पर बैठ जाते हैं।

अधेड़ व्यक्ति ने राधिका को अपना परिचय देते हुए कहा कि "मैं ज़फर शेख और ये मेरी पार्टनर रेखा है।"

"बताइए हम आपकी क्या सेवा कर सकते हैं?" रेखा ने राधा से पूछा।

"हमारी एक बड़ी कम्पनी है। हमें अपने प्रॉडक्ट को प्रमोट और हमारी प्रतिद्वन्दी कम्पनी को डिमोट और डिफेम करना है।" राधा ने कहा।

"मैडम, प्रमोशन और डिमोशन के तो हम माहिर हैं, दिन को रात और रात को दिन बना सकते हैं।" ज़फर शेख ने शेखी के साथ कहा।

"तभी तो आपसे मिलने आई हूँ।" राधा मुस्कुराते हुए बोली।

"आपकी कम्पनी और आपके प्रतिद्वन्दी कम्पनी का नाम क्या है?" रेखा ने पूछा।

"वह भी बताऊँगी, बिना उसके कैसे काम आगे बढ़ेगा?" राधा ने रेखा को जवाब दिया।

"साथ ही पैकेज क्या होगा?" ज़फर शेख ने पूछा।

"ज़रूर, पैकेज भी तय होगा, पर आपकी कम्पनी का प्रोफाइल-क्लाइन्ट कौन-कौन है, इसको समझ कर ही पैकेज तय होगा ना।" राधिका ने किसी चतुर व्यापारी की तरह सौदेबाज़ी करते हुए कहा।

"मैडम माफ़ कीजिए हम किस कम्पनी के लिए काम करते हैं, किस पार्टी के लिए काम करते हैं, वह गुप्त रहता है- यही हमारा बिजनेस सीक्रेट और सिद्धान्त है।" ज़फर शेख बोला।

"वो तो ठीक है, अच्छा भी है। पर कहीं जिस कम्पनी के खिलाफ़ हम आपको हायर कर रहे हैं, वही आपकी क्लाइन्ट निकली तो?" राधिका ने चुभते हुए स्वर में पूछा।

"अगर हमारी क्लाइन्ट हुई तो हम उसके खिलाफ़ काम नहीं लेंगे और हमारी आपकी बात भी यहीं खत्म हो जायेगी।" रेखा ने मुस्कुराते हुए जवाब दिया।

"फिर भी आप अभी किस-किस के लिए काम कर रही हैं, उसका नाम बता देंगे तो हमें आसानी होगी।" राधिका ने जोर देकर रेखा से पूछा।

"मैडम बड़ी-बड़ी कम्पनियाँ-पार्टियां हमें काम इसीलिए देती हैं कि हम हर चीज़ गुप्त रखते हैं, यही हमारी विश्वसनीयता का ब्राण्ड है।" ज़फर शेख ने कहा।

"बार-बार पार्टियाँ-पार्टियाँ कह रहे हैं, आपका मतलब पॉलिटिकल पार्टी से है क्या?" राधिका बोली।

"जी मैडम, सियासी पार्टियां और आप जैसी बिजनेस पार्टियां, दोनों से मतलब है। उसके मुख़ालिफ़ों, विरोधियों की धज्जियां

उड़ाने, उनके खिलाफ़ झूठे प्रचार, फ़ेक न्यूज़ का काम भी हम करते हैं।" ज़फर शेख बोला।

"ओह! वेरी गुड, आप लोग तो छुपे रुस्तम निकले।" राधिका गिलास से पानी पीते हुए बोली।

"बोलिए मैडम आगे क्या करना है?" रेखा ने सवाल किया।

"ठीक है, मैं अपने साथियों से बात कर कल आपको बताती हूं।" राधिका कहते हुए खड़ी हो गई।

ज़फर शेख और रेखा, राधिका से हाथ मिलाकर कमरे से बाहर निकल गये। ज़फर शेख लिफ्ट से नीचे आकर लॉबी में रिसेप्शन पर गया। कुछ देर रुक कर उसने रिसेप्शन पर खड़ी लड़की से कुछ बात की और होटल के बाहर निकल गया।

राधिका ने चेयरमैन को फ़ोन मिलाया, "सर हमारी मुलाकात हो गई, काम के लोग लगते हैं, पर बहुत घाघ हैं।" राधिका ने चेयरमैन को बताया।

"वो तो होंगे ही, इतना फ़र्जी धंधा जो कर रहे हैं।" चेयरमैन पुनीत गोयल ने हंसते हुए कहा।

"पर अभी क्या करना है? वह अपने मौजूदा क्लाइन्ट का नाम नहीं बता रहे हैं। पता नहीं चल रहा है कि रंगराजन एण्ड कम्पनी का काम यही कर रहे हैं या कोई और।" राधिका ने बताया।

"ओह! फिर कैसे होगा?" चेयरमैन ने चिन्ता व्यक्त करते हुए कहा।

"देखती हूं, कोई और रास्ता निकालती हूँ।" राधिका ने चेयरमैन को आश्वस्त किया।

उधर सुप्रीम इन्टरनेशनल के खिलाफ़ साइबर साज़िश चरम पर थी। उसके एक डायरेक्टर अनिल बोस का एक "करप्शन और फ्रॉड स्कैन्डल" सोशल मीडिया पर वायरल हो चुका था। कम्पनी की साख बुरी तरह प्रभावित हो रही थी। बिजनेस भी चौपट होता जा रहा था। वहीं दूसरी तरफ़ रंगराजन एण्ड कम्पनी दिन दूना रात

चौगुना फल-फूल रही थी। अधिकांश सरकारी ऑर्डर भी सुप्रीम के बजाय रंगराजन को मिल रहे थे।

सुनील रेड्डी और ज़फ़र शेख़ की साइबर कम्पनी फ़र्ज़ीवाड़े में माहिर है। उसका किसी भी कम्पनी के खिलाफ़ दुष्प्रचार का वीडियो-फ़ेक न्यूज़ मिनटों में लाखों लोगों तक पहुँच जाती है।

दरअसल हज़ारों मोबाइल कनेक्शन फ़र्ज़ी नाम से इनके पास हैं, जिस मोबाइल अकाउन्ट से एक वीडियो वायरल करते हैं, उस अकाउन्ट को तुरन्त डिलीट कर दिया जाता है। अधिकांश मोबाइल प्री-पेड और फ़र्ज़ी नामों से होते हैं।

इस कम्पनी का दावा है कि दो घंटे में पाँच लाख लोगों तक कोई भी फ़ेक न्यूज़-फ्रॉड वीडियो पहुँचा सकते हैं, इनका कनेक्शन विदेशों में भी इस काम में लगी साइबर कम्पनियों के साथ है।

सुनील रेड्डी और ज़फर शेख़ केवल कम्पनियों के खिलाफ़ ही दुष्प्रचार का धंधा नहीं करते, बल्कि समाज में साम्प्रदायिक उन्माद फैलाने वाले वीडियो और फ़ेक न्यूज़ में भी माहिर हैं। कई देशी-विदेशी खिलाड़ी जिन्हें समाज में टकराव का फायदा लेना होता है या अफवाहों दुष्प्रचार के जरिए अपना उल्लू सीधा करना होता है, वे भी इनकी शरण में आते रहते हैं और यह मुंह मांगी क़ीमत पर काम देते हैं।

2.

रंगराजन एण्ड कम्पनी की बोर्ड मीटिंग चल रही है, सभी बोर्ड मेम्बर कम्पनी की कमाई से गदगद हैं, रंगराजन जो खुद इस कम्पनी के मालिक हैं, सामने की कुर्सी पर बैठे वाइन की चुस्की के साथ अपनी कम्पनी की कामयाबी के कसीदे पढ़ रहे हैं। अपनी चालबाज़ी को बड़े गर्व से बता रहे हैं। बोर्ड मेम्बर भी पूरी तरह कामयाबी की मस्ती में डूबे हैं।

"इस सुप्रीम का तो आइसक्रीम बना दिया है, साला किसी को हाथ भी नहीं रखने देता था।" रंगराजन ने वाइन की चुस्की के साथ कहा।

"अरे बॉस! वो नेपाल वाली डील हमारे हाथ से कैसे झटक ले गये थे सुप्रीम वाले?" एक बोर्ड मेम्बर ने पुराने ज़ख्मों को याद दिलाते हुए कहा।

"चेयरमैन साहब, हमें इसे अधमरा करके नहीं छोड़ना है, इसका पूरा क्रियाकर्म करके ही दम लेना है।" मीटिंग में पीछे बैठा राजू राठी, जो कि चेयरमैन का खास आदमी है, बोला।

"चिन्ता मत करो, अभी आगे-आगे देखते रहो, सुप्रीम का नामोनिशान भी नहीं रहेगा।" एक बोर्ड मेम्बर, कॉफी का कप मुंह से लगाता हुआ बोला।

"अरे यार, सौ सुनार की एक लुहार की कहावत सुनी है न, इसी को चेयरमैन साहब ने हकीकत में बदल दिया है।" एक दूसरे बोर्ड मेम्बर ने सिर खुजलाते हुए ठहाके के साथ कहा।

"लेकिन मुझे लगता है, यह हमारी मेहनत का नहीं, बल्कि साज़िश और बेईमानी का नतीजा है।" शालिनी, जो कि रंगराजन की पुत्री और बोर्ड मेम्बर है, ने यह कह कर रंग में भंग डाल दिया था।

"अरे शालिनी, जंग और प्यार में सब जायज़ है और जंग हमारी प्रतिद्वंदी कम्पनी से और प्यार हमारी अपनी कम्पनी से।" रंगराजन ने शालिनी को समझाते हुए कहा।

"पर डैड, हम अपनी काबिलियत से कामयाब नहीं हो रहे हैं, बल्कि दूसरे पर झूठे-फ़ेक-फ्रॉड आरोपों और साज़िशों के जरिए उसे नीचा दिखाकर, बदनाम करके कामयाबी की सीढ़ी चढ़ना चाहते हैं।" शालिनी ने कड़ी आवाज़ में कहा।

सभी बोर्ड मेम्बर आश्चर्यचकित थे, शालिनी का यह रूप देखकर उन्हें यकीन नहीं हो रहा था कि क्या हो रहा है।

शालिनी इंजीनियरिंग के साथ मैनेजमेंट की शिक्षा पूरी कर अभी छ: महीने पहले ही रंगराजन एण्ड कम्पनी के काम में हाथ बंटाने

लगी है। शालिनी होशियार तो है, पर ईमानदारी और मेहनत के साथ काम को आगे बढ़ाना चाहती है। इन दिनों कम्पनी के लोगों का अपने उत्पादन की क्वालिटी पर ध्यान देने के बजाय सुप्रीम की बदनामी पर ज़्यादा समय बर्बाद हो रहा है। शालिनी को रंगराजन एण्ड कम्पनी के बोर्ड में शामिल करने के साथ एम.डी. भी बना दिया गया है। यह ज़िम्मेदारी मिलने के बाद शालिनी कम्पनी की कामयाबी के लिए दिन-रात मेहनत कर रही है, पर कम्पनी के कुछ लोग जोड़-तोड़, जुगाड़ और बेईमानी के बल पर कमाई में लगे हैं। यही कारण है, कि रंगराजन एण्ड कम्पनी कई जगहों पर ब्लैक लिस्ट भी कर दी गई थी। सुप्रीम इन्टरनेशनल के बढ़ते प्रभाव को खत्म करने के लिए शालिनी अपने कम्पनी के प्रॉडक्ट को और बेहतर बनाने में दुनिया की नई टेक्नोलॉजी ला रही थी। कम्पनी के उत्पादन की विश्वसनीयता कायम करने के लिए जी तोड़ मेहनत कर रही थी, पर इस बेईमान टीम के चलते उसे कामयाबी नहीं मिल पा रही थी। चेयरमैन का खास आदमी राजू राठी, सरकारी महकमें से ऑर्डर झटकने में माहिर है। साम-दाम सभी कुछ अच्छी तरह कर लेता है, पर फिर भी रंगराजन कम्पनी का खस्ता हाल नहीं सुधर पा रहा था। सुप्रीम के खिलाफ़ चल रही साइबर साज़िश इसी के फ़ितूरी दिमाग की देन है।

शालिनी चाहती थी कि कम्पनी अपने काम और अच्छे उत्पादन से मार्केट में अपना स्थान बनाए। मीटिंग खत्म हो चुकी है, शालिनी और रंगराजन अपने घर के ड्राइंगरूम में साथ बैठे हैं।

"शालिनी तुम्हें तो मालूम है हमारी कम्पनी कर्ज में डूब चुकी है, हमारे प्रॉडक्ट को मिट्टी के भाव भी कोई लेने को तैयार नहीं है।" रंगराजन ने शालिनी को समझाते हुए कहा।

"वो तो मुझे भी पता है, पर उसकी वजह हमारी कम्पनी नहीं, आपके कुछ नकारे बेईमान मैनेजमेंट और बोर्ड मेम्बर हैं, जिनके खून में मेहनत नहीं, मक्कारी भरी है।" शालिनी ने रंगराजन से कड़े लहजे में कहा।

"आज राजू राठी की होशियारी और जुगाड़ की वजह से हमें नये ऑर्डर भी मिल रहे हैं और काफ़ी हद तक कर्ज भी अदा हो रहा है।" रंगराजन ने शालिनी को समझाते हुए कहा।

"डैड जो भी हो रहा है, मैं उससे सहमत नहीं हूं। यह अनैतिक ही नहीं बल्कि पाप है। हम अपनी मेहनत से कम्पनी को खड़ा करेंगे। मैंने कुछ एक्सपर्ट्स को इस काम के लिए बुलाया है, वो हमारी मदद करेंगे।" शालिनी ने समझाते हुए कहा।

"ठीक है, तुम देख लो। लेकिन अभी जैसे चल रहा है, चलने दो। यही वक्त की ज़रूरत और बिजनेस की मांग है।" रंगराजन ने शालिनी से कहा।

"यह नहीं चलेगा। उस साइबर कम्पनी को हमें रोकना होगा।" शालिनी ने गम्भीरता से कहा।

"उसे तो हम मोटी रकम दे चुके हैं।" रंगराजन ने बताया।

"तो क्या हुआ? बहुत हो गया। राजू राठी को बोलिये, बन्द करो यह सब।" शालिनी बोली।

रंगराजन बिना कुछ जवाब दिए शालिनी के सिर पर हाथ रख कर बाहर चला गया। शालिनी सवालिया निगाहों से रंगराजन को देखती रही।

दूसरे दिन शालिनी के चेम्बर में दो नौजवान लड़के प्रवेश करते हैं। शालिनी उठ कर उनका स्वागत करती है। ये लड़के रंजीत और रहमान, बिजनेस प्रमोशन एक्सपर्ट्स हैं, ब्रिटेन में उच्च शिक्षा हासिल की है। कई डूबी कम्पनियों को उबारा है। अच्छी पकड़ है। हालांकि इस फील्ड में रंजीत-रहमान ने अभी ही अपना कदम रखा है, पर कई बड़ी कम्पनियों ने अपने पैनल पर ले लिया है। इनके सुझाव और सुधार से भरपूर काम ने थोड़े ही दिनों में प्रॉडक्शन एवं मार्केटिंग की फील्ड में अच्छी पहचान बना ली है। शालिनी को भी उसके किसी साथी ने इनके बारे में जानकारी दी थी। यह भी बताया कि शायद रंजीत वही है जो शालिनी के साथ कॉलेज में पढ़ता था। क्योंकि शालिनी, रंजीत को पहले से कॉलेज के दिनों

से जानती थी, रंजीत भी शालिनी को जानता था, इसलिए शालिनी का इनसे मिलने का आत्मविश्वास और मजबूत था।

"कमाल है शालिनी, इतने दिनों बाद याद किया। मैं तो सोच रहा था, तुम हो कहाँ?" रंजीत ने शालिनी से सवाल किया।

"रंजीत यहीं हूं। अपनी कम्पनी का काम सम्भाल रही हूँ। हालत कुछ ठीक नहीं है। मुझे जब पता चला कि तुमने मार्केटिंग प्रमोशन एवं बिजनेस एडवाइज की कंसल्टेन्सी शुरू की है, तो मुझे बहुत खुशी हुई। आज हमें तुम्हारी सख्त ज़रूरत है।" शालिनी विश्वास के एहसास के साथ बोली।

"मुझे सब पता है, पर अभी तो आपकी कम्पनी अच्छा कर रही है।" रंजीत बोला।

"बुराई के साथ अच्छाई जुड़ी है, पाप के साथ प्रोग्रेस है।" शालिनी ने मुस्कुराते हुए कहा।

"मतलब? समझा नहीं।" रंजीत ने सवाल किया।

"बैठो बताती हूँ, हमारी कम्पनी बहुत अच्छा कर रही थी, पर सुप्रीम इन्टरनेशनल ने पूरे मार्केट पर कब्जा कर लिया। यह सच है, कि उसके प्रॉडक्ट, मार्केटिंग हमसे बहुत अच्छी है। उसका माल भी पूरी दुनिया में अपनी पहचान बना चुका था। आज भी उसका उत्पादन, उसकी क्वालिटी का कोई मुकाबला नहीं है। मैं चाहती हूं, कि हम क्वालिटी में उसका मुकाबला करें और आगे निकलें।" शालिनी ने रंजीत को बताया।

"पर आज-कल तो सुप्रीम बहुत बदनाम हो चुकी है। इसके बदनामी के किस्से सोशल मीडिया पर वायरल हैं। उसकी मार्केट बुरी तरह पिट रही है।" रहमान ने बीच में टोकते हुए कहा।

"हाँ वो तो है।" कह कर शालिनी ने घंटी बजाकर चाय मंगवाई।

"देखो रंजीत जो कुछ सुप्रिम के खिलाफ़ चल रहा है, वह सच नहीं है। शायद तुम भी समझते होंगे, उसके प्रॉडक्ट में कोई कमी नहीं है। बस बद अच्छ-बदनाम बुरा उसके साथ चिपक गया है।

हमारी कम्पनी अपने प्रॉडक्ट को प्रमोट करने के बजाय सुप्रीम को डिफेम और डिमोट करने की साज़िशों में ज़्यादा समय गँवा रही है। झूठ के पाँव नहीं होते, कभी भी औंधे मुँह गिर सकता है, तबाह हो सकता है।"

"मैं चाहती हूँ, सुप्रीम को बदनाम करके नहीं अपने प्रॉडक्ट की क्वालिटी और विश्वसनीयता के दम पर मार्केट पर कब्जा करें।" शालिनी ने प्रभावी ढंग से अपनी बात कही।

"वो तो ठीक है, हमें फ़ौरन फोकस प्वाइन्ट तय करना होगा। अभी जो ऑर्डर मिले हैं, उन्हें बेहतर माल सप्लाई कराना होगा। मुझे एक हफ़्ते का वक्त दो और तुम्हारी कम्पनी में कौन क्या देख रहा है, उसकी भी लिस्ट चाहिए। साथ ही अभी तुम्हारी कम्पनी के पास कहाँ-कहाँ के ऑर्डर हैं? उसकी भी जानकारी चाहिए।" रंजीत ने शालिनी को विश्वास दिलाते हुए कहा।

"ठीक है, मैं तुम्हें डिटेल ई-मेल करती हूँ।" शालिनी बोली।

रंजीत और रहमान, शालिनी से हाथ मिला कर उसके ऑफिस से चले जाते हैं।

3.

दो मन्ज़िला इमारत, दोनों फ़्लोर पर साइबर ऑफ़िस, एक बड़ा हॉल, जिसमें वर्क स्टेशन बने हैं। पच्चीस-तीस लड़के-लड़कियाँ कंप्यूटर पर आँख गड़ाए, की-बोर्ड पर उंगलियों से फटाफट काम करते दिख रहे हैं। कोई छोटी फिल्म एडिटिंग करता दिख रहा है, कोई फोटो पर कैप्शन डालता, कोई फोटोशॉप से किसी के फोटो के साथ किसी का फोटो फिट करता, कोई ऑटोमोबाइल के इंजन की खामियों और घटिया सामान का फ़र्जी पोस्टमार्टम करता दिख रहा है, कोई किसी नेता या बड़े व्यापारी, नौकरशाह की बखिया उधेड़ता कहानी बना रहा है। सामने ही एक बड़ा चेम्बर है, जहाँ शीशे से हॉल की गतिविधियाँ सीधे देखी जा सकती हैं।

एक अलग वर्क स्टेशन में कुछ लोग साम्प्रदायिक उन्माद पैदा करने वाले वीडियो तैयार कर रहे हैं, तो कुछ लोग सरकार की अच्छी नीतियों की बखिया उधेड़ते हुए समाज के लिए खतरनाक बताने वाले दुष्प्रचार से भरपूर वीडियो बनाने में लगे हैं।

सुनील रेड्डी और ज़फर शेख अपने चेम्बर में बैठे हैं- दो लोग उनके सामने बैठे बात कर रहे हैं-

"सुनील बाबू हम चाहते हैं, इतनी गंध हो जाए कि उस नेता, सरकार और उसकी पार्टी पर जनता थू-थू और नफ़रत करे।" सामने बैठा व्यक्ति सुनील रेड्डी से बोलता है।

"पर मेरे भाई, यह नेता तो जनता में गहरी धाक रखता है, दिलों में घुसा बैठा है।" ज़फर शेख सामने बैठे व्यक्ति से बोलता है।

"अरे भैया, उसी धाक का तो गुना-भाग करना है। आप जानते हो, हमारी जनता किन-किन चीज़ों से नफ़रत करती है?" सामने बैठे दूसरे व्यक्ति ने ज़फर से कहा।

"वो तो ठीक है, बड़ा कठिन और खतरे से भरा काम है।" सुनील रेड्डी बोला।

"अरे! तुम लोग तो खतरों के खिलाड़ी हो। झूठ को सच बनाने में माहिर हो।" सामने बैठे व्यक्ति ने कहा।

"डील करो, मुंह माँगी क़ीमत मिलेगी।" दूसरे व्यक्ति ने इनकी साज़िशी क़ीमत का एहसास कराते हुए कहा।

"हमें वक्त चाहिए। प्लानिंग करनी होगी।" सुनील ने दोनों को समझाते हुए कहा।

"ठीक है, हम दो दिन बाद मिलते हैं, तब तक हमें पूरी प्लानिंग टका-टक चाहिए।" सामने बैठे व्यक्ति ने कुर्सी से उठते हुए कहा।

"नहीं भैया, दो दिन नहीं। अगले हफ़्ते रखो। कुछ करते हैं, ताकि आप लोगों को मज़ा भी आये और उसकी कजा भी जाए।" ज़फर शेख ने उस व्यक्ति के कंधे पर हाथ मारते हुए कहा।

"ठीक है।" कह कर दोनों चेम्बर से बाहर निकल गये।

दरअसल ये दोनों एक राजनैतिक पार्टी और उसके नेता के खास

ल़ोग हैं। अभी यह पार्टी विपक्ष में है। अगले कुछ महीनों में चुनाव होने वाले हैं। सत्ता पक्ष की पार्टी और उसके नेता की जनता में अच्छी साख है। लोगों के लिए काम भी अच्छा कर रही है। विपक्षी पार्टियाँ चाहते हुए भी सरकार और उसकी पार्टी के खिलाफ़ कोई नकारात्मक माहौल नहीं बना पा रही हैं, इसीलिए यह लोग साइबर साज़िश के सूरमाओं की शरण में आये हैं।

"ज़फर, पिछली बार जिस पार्टी की बखिया उधेड़ी थी, वह तो छुट भैया पार्टी थी यार, मामला पंचायत के चुनाव का था। ये तो सरकारी पार्टी के खिलाफ़ 'साइबर सुपारी' लाया है। मुख्यमंत्री से सीधा पंगा चाहता है।" सुनील ने चिन्ता व्यक्त करते हुए ज़फर से कहा।

"हाँ, सौदा तो तगड़ा है, पर बड़ी होशियारी से करना होगा। यह खेल दुबई से खेलना होगा। डोर दुबई में और छोर इंडिया में रखकर, इस पूरे प्रोजेक्ट का वारा-निवारा करना पड़ेगा और इसमें यह भी समझ लेना चाहिए, कि ये कोई कॉरपोरेट वार नहीं है। अपने को सियासी साज़िश का सूत्रधार बनने वाली बात है। सावधानी हटी-दुर्घटना घटी, हमें खूब समझ लेना चाहिए। ऐसा ना हो कि लालच के चक्कर में अच्छे खासे चल रहे काम का बन्टाधार हो जाए।" ज़फर शेख ऊँच-नीच समझाने की मुद्रा में बोला।

"इस काम के लिए रेखा और सुभाष को लगाते हैं। पूरी चौकस योजना बनानी होगी। हमला धीरे-धीरे पर चोट सही निशाने पर लगनी चाहिए।" सुनील ने ज़फर को कहा।

"चलो अभी वक्त है, बाद में देखते हैं। पंचायत तो हिला चुके हैं, सत्ता को हिलाने का भी अनुभव मिल जाएगा। अभी तक तो हमें साम्प्रदायिक उन्माद फैलाने का ही तजुर्बा है। अरे, हाँ ज़फर, वह उस दिन जो कम्पनी आई थी, उसका क्या हुआ?" सुनील ने ज़फर से पूछा।

"ओह! लफड़ा है, वो लड़की जो सौदा लेकर आई थी, वह तो बस।" ज़फर बोल ही रहा था, तभी रेखा और सुभाष चेम्बर में प्रवेश करते हैं।

"सर आपने बुलाया?" रेखा कहती है।

"हाँ, बैठो। एक नये प्रोजेक्ट पर तुम लोगों को काम करना है।" सुनील ने दोनों को बैठने का इशारा करते हुए कहा।

"जी सर।" कह कर रेखा सामने पड़ी कुर्सी पर बैठ गई।

"पर ये कम्पनी नहीं है, कम्पनी का बाप है।" सुनील ने सुभाष और रेखा को देखते हुए कहा।

"सर हम तो बाप-दादा-नाना-नानी सबकी बखिया उधेड़ते हैं। बस आपका हुक्म चाहिए, काम शुरू।" सुभाष बोला।

"सुनील, जल्दबाज़ी में इस प्रोजेक्ट पर काम मत करो, बहुत बड़ा खतरा है। हमें बहुत समझ-बूझ कर इस पर बढ़ना चाहिए। देखो हम नहीं भी करेंगे तो वो लोग किसी से भी ये काम करवा लेंगे। हमें ऊपर वालों को भी विश्वास में लेना होगा। कहीं ऐसे ना हो कि इस मुख्यमंत्री पर मालिक का हाथ हो और हम लफ़ड़े में फंस जाएं। ना इधर के रहें ना उधर के।" ज़फर, सुनील को ऊँच-नीच समझाते हुए बोला।

"ठीक है, कल सुबह इस प्रोजेक्ट पर बात करते हैं।" ज़फर की बात सुनकर सुनील रेड़ी कहते हुए उठ गया और चेम्बर के बाहर उसका इन्तज़ार कर रहे व्यक्ति के साथ कार में बैठकर कहीं चला गया।

4.

रंगराजन कम्पनी के खिलाफ़ सोशल मीडिया में अचानक ताबड़तोड़ भयंकर हमला शुरू हो चुका था। उसके घटिया प्रॉडक्ट से लेकर उसके और कम्पनी के बोर्ड मेम्बरों के खिलाफ़ धमाकेदार वीडियो बाज़ार में वायरल हो रहे थे। यही नहीं रंगराजन के साथ उसकी सेक्रेटरी के अंतरंग वीडियो भी लोग खूब चटकारे लेकर देख रहे थे, इस वीडियो को अब तक तीस लाख से ज़्यादा लोग देख चुके थे। यही नहीं रंगराजन के जर्मनी की एक कम्पनी से फ्रॉड और गबन कर भागने और करोड़ों के घोटाले की कहानी से

भरा वीडियो भी वायरल था। साथ ही किस तरह राजू राठी सरकारी अधिकारियों को शराब-शबाब में धुत कर ऑर्डर ऐंठता है, वह भी सोशल मीडिया में छाया हुआ था।

एक वीडियो तो रंगराजन एण्ड कम्पनी पर सीधा हथौड़ा मारता हुआ वायरल है।

'रंगराजन एण्ड कम्पनी की थ्री-व्हीलर में कुछ दूर चलते ही आग लग जाती है, इसमें बैठी महिला और ड्राइवर कहते दिखते हैं, यह थ्री-व्हीलर जानलेवा है। इसमें सवारी, मौत की सवारी है। जिसे आत्महत्या करनी हो, वो इस कम्पनी के थ्री-व्हीलर पर बैठो।' यह वीडियो बुरी तरह रंगराजन की मार्केट को धराशाई कर रहा था। यह वीडियो बड़ी चालाकी और चालबाज़ी से बनाया गया था, पर सच जैसा दिख रहा था।

उसी तरह का दूसरा फ़ेक वीडियो भी सोशल मीडिया पर धड़ाधड़ शेयर हो रहा था। रंगराजन एण्ड कम्पनी का थ्री-व्हीलर एक गली में दो लोगों को बैठाकर जा रहा है। अचानक उसमें आग लगती है। ड्राइवर और दोनों पैसेन्जर आग से झुलस जाते हैं। इसी वीडियो में दो-तीन लोगों को चीखते-चिल्लाते कहते दिखाया जाता है, कि "ये रंगराजन का थ्री-व्हीलर नहीं, मौत की अर्थी है।"

रंगराजन एण्ड कम्पनी में हड़कम्प मच चुका था।

रंगराजन, शालिनी को अपने कमरे में बुलाता है, "शालिनी देखा, तुम सिद्धान्त और ईमानदारी की बड़ी-बड़ी बातें कर रही थीं। देख रही हो, क्या हो रहा है? सुप्रीम इन्टरनेशनल जिस तरह गन्दगी पर उतर आया है, उसने सारी हदों को पार कर दिया है। हम चुपचाप यह सब देखते रहेंगे तो वह हमें बर्बाद कर देगा। हमें इसका तगड़ा और उनकी तबाही के तेवर वाला जवाब देना होगा।" रंगराजन ने शालिनी से आक्रोश के साथ कहा।

"जैसी करनी वैसी भरनी, डैड।" शालिनी ने मुस्कुराते हुए कहा।

"तुम्हें मज़ाक सूझ रहा है। मेरी कम्पनी की सारी साख धूल-घूसरित

हो गई है। जो ऑर्डर मिले थे वह भी वापस हो रहे हैं, यह सब सुप्रीम का खेल है।”

रंगराजन शालिनी को बता रहा था, तभी बीच में राजू राठी कमरे में प्रवेश करता है। चेहरे पर हवाइयाँ उड़ी हैं, घबराया हुआ रंगराजन के पास आ कर बोलता है।

“सर, यह सुप्रीम वालों का खेल है। मुझे पता लग चुका है, किस साइबर कम्पनी से यह सब करवा रहा है।” राजू राठी घबराया हुआ बोला।

“पता है, तो फ़ौरन कुछ करो, वैसे भी बहुत देर हो चुकी है।” रंगराजन ने चीखते हुए कहा।

“डैड, हमें इस खेल से बाहर निकलना चाहिए। हम दो वीडियो वायरल करेंगे, वो चार। इसका कोई अन्त नहीं।” शालिनी ने रंगराजन को समझाते हुए कहा।

“राजू, तुम खड़े मुँह क्या देख रहे हो? जाओ जो मैंने कहा उस पर लगो और मुझे शाम तक रिपोर्ट दो।” रंगराजन ने शालिनी की बात को नज़रअन्दाज़ करते हुए कहा।

“डैड, आप सोचिए कि महीनों से जो खेल हम खेल रहे थे, सुप्रीम और उसके मालिकों का क्या हाल हुआ है। इस दर्द को शायद आप अब समझ रहे होंगे।” शालिनी ने रंगराजन के करीब जा कर समझाने की कोशिश की, तभी शालिनी के मोबाइल पर रंजीत का फ़ोन आता है।

“शालिनी, जो कुछ भी सोशल मीडिया पर चल रहा है, उस पर जल्दबाज़ी में तुम्हारी कम्पनी की तरफ़ से रिएक्शन नहीं होना चाहिए। हड़बड़ी में कोई और गड़बड़ी नहीं होनी चाहिए।” रंजीत ने शालिनी को सुझाव देते हुए कहा।

“यही तो मैं भी चाहती हूँ, पर डैड और वो राजू राठी फिर उसी पागलपन में लग गये हैं।” शालिनी ने रंजीत से फ़ोन पर कहा।

“उन्हें रोकना होगा, क्योंकि सुप्रीम का हमला बहुत समझा और

सधा ही नहीं, टेक्नोलॉजी में भी सटीक है। सब कुछ हकीकत जैसा दिख रहा है।" रंजीत ने शालिनी को समझाते हुए कहा।

"हमें आज ही मिलना चाहिए, पर ऑफिस में नहीं, किसी और जगह।" शालिनी ने रंजीत को जवाब दिया।

"ठीक है, हम शाम छ: बजे होटल रॉकलैण्ड के क्लब रेस्टोरेन्ट में मिलते हैं।" रंजीत ने कहा।

"ओके, मैं आती हूँ।" शालिनी कहते हुए फ़ोन बन्द कर सीधे अपने चेम्बर में चली गई।

आज रंगराजन कम्पनी के कर्मचारी भी काफ़ी घूरती निगाहों से एक दूसरे को देख रहे थे। लगातार कम्पनी की बदनामी से बेचैन थे। डर था कि यही हाल रहा तो कम्पनी में ताला लग जाएगा। शालिनी अपने चेम्बर में कंप्यूटर पर कुछ काम करने में व्यस्त है। तभी उसके लैण्डलाइन पर फ़ोन आता है।

"हैलो, कौन?" शालिनी बोलती है। उधर से फ़ोन करने वाला कुछ बोलता है। शालिनी उसकी बात सुनकर थोड़ा बेचैन होती है।

"पर आप हो कौन?" शालिनी फ़ोन करने वाले से पूछती है।

फ़ोन कट जाता है, शालिनी फ़ौरन मोबाइल से रंजीत को फ़ोन मिला कर कहती है, "रंजीत हमें अभी ही मिलना होगा। कुछ बड़ा डेवलपमेंट है।" शालिनी कह कर ऑफिस से निकल अपनी कार में बैठ, रंजीत से मिलने उसके ऑफिस पहुँचती है। रंजीत का ऑफिस छोटा है। तीन-चार लोग काम करने वाले और उसका चेम्बर भी काफ़ी छोटा है।

"अरे शालिनी! अपने छोटे से ऑफिस में आप को कहाँ बैठाऊं?" रंजीत, उठ कर शालिनी का स्वागत करते हुए बोला।

"जगह छोटी है तो क्या हुआ, दिल बड़ा होना चाहिए और वो तो है, तुममें रंजीत।" शालिनी बोली।

"वो तो तुम कॉलेज से ही जानती हो, लेकिन मेरे दिल की कद्र कहाँ की तुमने, शालिनी?" रंजीत रोमांटिक अन्दाज़ में बोला।

“अरे! शायद रहमान भी आ गया। उसे भी बुलाता हूँ।” रंजीत शालिनी से कहता है।

“अभी नहीं, पहले मेरी पूरी बात सुन लो। अगर तुम्हें लगता है कि रहमान से भी इसे शेयर करना है, तो बुला लेना।” शालिनी ने रंजीत से अपनेपन के भाव से कहा।

“बोलो।” रंजीत शालिनी के पास सोफे पर बैठते हुए बोला।

“रंजीत, मैं ऑफिस में काम कर रही थी तभी लैण्डलाइन पर एक फ़ोन आया। फ़ोन करने वाले ने काफ़ी चौंकाने वाली और चिन्ता में डालने वाली बात कही।” शालिनी ने बताया।

शालिनी अपनी बात पूरी भी नहीं कर पाई थी कि इसी बीच शालिनी के मोबाइल पर रंगराजन का फ़ोन आ गया।

“जी डैड, बोलिए।” शालिनी बोली।

“तुम कहाँ हो? फ़ौरन मेरे पास आ जाओ। कुछ ज़रूरी बात करनी है।” रंगराजन ने कहा।

“मैं किसी फ्रेन्ड के पास आई हूं। मुझे पहुँचने में एक घंटा लगेगा।” शालिनी ने रंगराजन को जवाब दिया।

“ठीक है, कोशिश करो जल्दी आ जाओ।” रंगराजन ने कह कर फ़ोन डिस्कनेक्ट कर दिया।

“रंजीत उस आदमी ने कहा कि रंगराजन और राठी, सुप्रीम के खिलाफ़ जो कुछ करने जा रहे हैं, वह रंगराजन एण्ड कम्पनी के ही ताबूत में आखरी कील साबित होगा।” शालिनी ने रंजीत को बताया।

“क्या करने जा रहे हैं, उसने कुछ बताया?” रंजीत ने शालिनी से पूछा।

“उसने बताया कि सुप्रीम के चेयरमैन पुनीत गोयल और कम्पनी की डायरेक्टर राधा वेंकट के अश्लील वीडियो कुछ बड़े सरकारी अधिकारियों के साथ तैयार हो चुके हैं। एक दो दिन में वायरल होने वाले हैं।” शालिनी ने रुमाल से पसीना पोंछते हुए कहा।

“ओह नो! यह तो गज़ब हो जाएगा, इसको रोकना होगा, क्योंकि मैं जानता हूं, यह वीडियो फ़ेक है और टेक्नोलॉजी, स्पेशल

इफ़ेकट और एडिटिंग से बनाया गया होगा।" रंजीत शान्त पर चिन्तित स्वर में बोला।

"लेकिन डैड और राजू राठी के दिमाग में फितूर चल रहा है। वो सुप्रीम से बदला लेने के लिए बौखलाए हुए हैं और बेचैन हैं। पैसा पानी की तरह बहा रहे हैं। राजू राठी हर दिन एक नया प्रपोज़ल लाकर डैड के दिमाग में भरता है।" शालिनी ने रंजीत के हाथ को पकड़ते हुए कहा।

"रहमान को अन्दर बुलाते हैं, उससे शेयर करना होगा, वो इसका कोई रास्ता निकालेगा।" रंजीत ने शालिनी से इजाज़त लेने के अन्दाज़ में कहा। "ठीक है, बुला लो।" शालिनी ने कहा।

रंजीत रहमान को अन्दर बुलाता है।

"रहमान जिस बात का हमें डर था, वही हुआ।" रंजीत ने कहा।

"क्या हुआ?" रहमान ने उत्सुकता से पूछा।

रंजीत, रहमान को पूरी बात बताता है।

"अरे! ये वीडियो तो मार्केट में सुबह ही आ गया है।" रहमान कहता है।

"क्या बात कर रहे हैं?" शालिनी ने चौंकते हुए रहमान से कहा।

रहमान ने अपने फ़ोन से उस वीडियो को दिखाना शुरू किया।

सुप्रीम के चेयरमैन पुनीत और राधा वेंकट अर्धनग्न अवस्था में एक दूसरे से लिपटे दिख रहे हैं, शराब के नशे में धुत। कुछ देर बाद दो अधिकारी जैसे दिखने वाले अधेड़ उम्र के लोग कमरे में प्रवेश करते हैं। पुनीत उनका शराब के गिलास से स्वागत करता है। राधा उनमें से एक अधिकारी को बाहों में ले लेती है।

"पुनीत बाबू, आपकी यही सेवा तो आपको मेवा खिला रही है।" एक अधिकारी राधा को बाहों में लेकर शराब का घूंट पीते हुए कहता है।

"अरे भाई! हमारे सामान में दम नहीं पर सेवा में तो दम है।" पुनीत कहता दिखता है।

"तभी तो साले रंगराजन का प्रॉडक्ट टनाटन होते हुए भी ऑर्डर आपको ही मिलता है, पुनीत बाबू।" दूसरा अधिकारी कहते हुए दिखता है।

इस वीडियो को देखकर शालिनी-रंजीत हैरान हैं। रहमान इसका बारीकी से पोस्टमार्टम करना चाहता है।

"देखो यह वीडियो, कहीं का ईंट-कहीं का रोड़ा लगता है। परफ़ेकट टेक्नोलॉजी का इस्तेमाल हुआ है। आप लोगों ने मार्क किया होगा कि अर्धनग्न अवस्था का सीन पीछे से दिखाया गया है, चेहरा सामने नहीं है। लेकिन ताज्जुब की बात है, कि तीन घण्टे में पाँच लाख लोगों तक यह वीडियो वायरल हुआ। मजे की बात ये है, कि इस तरह के फ़ेक वीडियो और न्यूज़ अधिकांश विदेशों से वायरल किये जाते हैं और इन साइबर कम्पनियों का विदेशी लिंक इसमें काम करता है। ऐसे वीडियो को मूल रूप से वायरल करने वाले अकाउन्ट दो चार घण्टे में बन्द कर दिये जाते हैं। वीडियो वायरल होने के बाद मूल अकाउन्ट भी डिलीट कर दिया जाता है। ताकि कोई भी मुख्य स्रोत तक न पहुँच पाए। ऐसे वीडियो वायरल कराने वाले साइबर ठगों की अपनी ट्रोलर टीम और कमेन्ट, लाईक, फॉरवर्ड करने वाली फौज होती है। जो इस फ़ेक-फैब्रिकेटेड कहानी पर जमकर अपनी टिप्पणी करते हैं। अधिकांश टिप्पणी, वीडियो की सराहना और जिसके खिलाफ़ यह कहानी गढ़ी गई है, उसको गाली देने वाले होते हैं। यह धंधा खूब फल-फूल रहा है और बड़ी-बड़ी कम्पनियाँ एवं लोग अपनी व्यापारिक, राजनैतिक और व्यक्तिगत प्रतिस्पर्धा में पानी की तरह इन पर पैसा लुटा रही हैं।" रहमान, शालिनी को जानकारी देता है।

"पर अब तो मार्केट में आ चुका है, तुम्हारे इन तर्कों को कौन सुनेगा?" शालिनी ने रहमान से कहा।

"अब जो हो गया, सो हो गया। हमें अब रंगराजन एण्ड कम्पनी पर होने वाले जवाबी हमले और नुकसान की चिन्ता करनी चाहिए।" रंजीत ने कहा।

सुप्रीम इन्टरनेशनल एवं रंगराजन कम्पनी की साइबर जंग अपने चरम पर है, हर तरफ़ इसकी चर्चा हो रही है। कम्पनी के उत्पाद एवं बिक्री पर इसका सीधा असर साफ़ दिखाई पड़ रहा है। दोनों कम्पनियों पर आर-पार का जंगी-जुनून सिर चढ़ कर बोल रहा है।

सुप्रीम इन्टरनेशनल ना चाहते हुए भी इस लड़ाई के दलदल में फंसता जा रहा है। अपने ऊपर हुए हर हमले, जवाबी हमले पर पूरी योजना बनाने और पैसा पानी की तरह बहाने में रंगराजन एण्ड कम्पनी से पीछे नहीं रहना चाहती। हर दिन एक नई नेशनल-इन्टरनेशनल साइबर कम्पनियाँ रंगराजन एण्ड कम्पनी को मुँह तोड़ जवाब देने का सुप्रीम इन्टरनेशनल को प्रपोज़ल दे रही हैं। राधा वेंकट इन सबको डील कर रही है।

सुप्रीम इन्टरनेशनल की बोर्ड मीटिंग चल रही है।

"देखो, हमारे हमले से बुरी तरह घायल रंगराजन ने गन्दगी की सारी सीमाएं तोड़ दी हैं।" पुनीत गोयल ने बोर्ड के सदस्यों को बताया।

"हाँ, लेकिन उसने जो कुछ भी किया है, उससे तो सुप्रीम की सारी साख धूल-धूसरित हो गई है।" बोर्ड मेम्बर राहुल राव बोला।

"कम्पनी छोड़ो, चेयरमैन को तो दल्ला साबित करने की कोशिश हुई है।" एक बोर्ड मेम्बर कटाक्ष करते हुए बोला।

"हमें ऐसी बातें नहीं करनी चाहिए। हम इसका जवाब देंगे। मुंह तोड़ जवाब देंगे।" राधा वेंकट ने नाराजगी के साथ बोर्ड मेम्बरों से कहा।

"अरे! इस जवाबी कव्वाली से क्या होगा? वो हम पर हमले पर हमले करता जा रहा है और हम बस जवाब देने में लगे हैं। अब हमारा हमला जवाब देने वाला नहीं, रंगराजन की जान लेने वाला होना चाहिए।" राहुल राव गुस्से में बोला।

"हमें सोचने दो, आप लोग भी कुछ सोचें। कल सुबह दोबारा बोर्ड मीटिंग करते हैं।" पुनीत ने कहा।

"हमारे पास एक साइबर कम्पनी का नया प्रपोज़ल आया है,

धमाकेदार है, रंगराजन की कमर तोड़ देगा।" राधा ने जानकारी दी।

"ठीक है, कल सुबह बात करते हैं।" कहकर पुनीत उठ गया।

रात में पुनीत के पास रंजीत का फ़ोन आता है, "सर मैं रंजीत बोल रहा हूँ। मैं और शालिनी जी आपसे मिलना चाहते हैं।"

"क्यों, क्या हुआ? अभी और कुछ बचा है क्या?" पुनीत ने झुंझलाहट और बेरुखी भरा जवाब दिया।

"नहीं सर, शालिनी आपके प्रति बहुत सम्मान रखती है। जो कुछ हो रहा है, उससे वह बहुत दुखी है।" रंजीत उधर से बोला।

"देखो भाई। रंगराजन, जिस गन्दगी पर उतर आया है, उसके बाद मिलने या इस ड्रामे का क्या फायदा?" पुनीत ने जवाब दिया।

"सर, मुझे लगता है आपको मिलना चाहिए। कभी-कभी संवादहीनता बड़ी खाई बना देती है।" रंजीत बोला।

"ठीक है, कल ऑफिस आ जाओ। देखते हैं, अब क्या है तुम्हारे पिटारे में।" पुनीत बोला।

"मैं तो आ जाऊंगा, लेकिन शालिनी का ऐसे हालात में आप के ऑफिस आना ठीक नहीं होगा।" रंजीत ने समझाते हुए कहा।

"तो क्या करूं मैं? उसके ऑफिस आऊँ क्या?" पुनीत खिसिया कर बोला।

"न... न... नहीं पुनीत जी, हमें किसी तीसरी जगह मिलना चाहिए।" रंजीत बोला।

"ठीक है, जगह तय करके बता देना। आता हूँ, देखता हूँ, क्या कमाल करते हो?" पुनीत बोला।

"ठीक है, कल मैं जगह बता दूंगा। मैं और शालिनी वहाँ पहुँच जाएंगे। आप भी वहीं आ जाइएगा।" रंजीत बोला।

<h3 style="text-align:center">5.</h3>

देर शाम का समय है, सिंगापुर बेस्ड साइबर ऑफिस का गुड़गांव सेन्टर, जहाँ किसी कॉल सेन्टर जैसा नज़ारा है। ऑफिस में कम्प्यूटर पर ऑडियो-वीडियो एडिटिंग का काम धड़ाधड़ चल

रहा है। रंग-बिरंगे चटपटे कैप्शान बनाए जा रहे हैं, सामने के चेम्बर में इस कम्पनी का कन्ट्री हेड, शेखर बैठा है। उसके सामने तीन लड़कियाँ कुछ नोट ले रही हैं। तभी इन्टरकॉम से कन्ट्री हेड को किसी के आने की सूचना आती है। नोट ले रही लड़कियों को बाहर जाने को कह कर, आने वाले को कन्ट्री हेड शेखर अन्दर बुलाता है। उसके चेम्बर में राधा वेंकट प्रवेश करती है।

"हैलो राधा, कैसी हो?" कन्ट्री हेड शेखर उठकर राधा का स्वागत करता है।

"आई एम फाइन शेखर, पर काफ़ी कुछ सीरियस होता जा रहा है। आप के वीडियो ने चौतरफ़ा हंगामा कर दिया है। पर रंगराजन का जवाबी हमला गंदगी की सारी सीमाओं को पार कर चुका है।" गुस्से के साथ राधा कहती है।

"हाँ मुझे पता है। वह टुचपुजिंया हैदराबाद वाली साइबर कम्पनी का काम है।" शेखर ने सिगार जलाते हुए कहा।

"पर इसका बड़ा नुकसान हो रहा है, चेयरमैन पुनीत तो बहुत दुखी हैं।" राधा ने दुखी मन से और आक्रोशित स्वर में कहा।

"हमें इसका जवाब भी इससे कड़ा और बड़ा देना होगा।" शेखर ने सिगार का कश लगाते हुए कहा।

"देखो शेखर! इसका कोई अन्त नहीं है। क्या हम कोई और रास्ता नहीं चुन सकते? क्योंकि कल बोर्ड मीटिंग में कुछ बोर्ड मेम्बरों का व्यवहार ठीक नहीं था। उनकी बातों से पुनीत अन्दर-अन्दर बहुत दुखी है। एक तो उसके कैरेक्टर पर हमला किया गया है, दूसरे कम्पनी की हालत भी खस्ता होती जा रही है।" राधा, शेखर से बोली।

"राधा हम तो साइबर वार ही कर सकते हैं, सीधा वार करने वाला गिरोह और गैंग अलग है।" शेखर ने हँसते हुए जवाब दिया।

"शेखर हमें कुछ करना होगा, ताकि रंगराजन खुद पुनीत के पास आ कर समझौता करे। पुनीत खुद इस गन्दगी के गड्ढे से बाहर निकलना चाहता है। पहले भी वो इन सबके खिलाफ़ था, पर

मजबूरी में जवाब देने के चक्कर में हम सब भी बुरी तरह फंस गये हैं।" राधा ने शेखर को समझाते हुए पुनीत के मन की बात बताने की कोशिश की।

"हमें रंगराजन की लड़की शालिनी को पिक्चर में लाना होगा।" शेखर, राधा को अपनी जवाबी योजना का हिस्सा बताते हुए बोला।

"शालिनी! ओह नो! वो तो बहुत अच्छी लड़की है।" राधा ने कहा।

"अच्छी है या बुरी, ये तुम जानो। क्या तुम बुरी हो जो तुम्हें इतने घटिया तरीके से पेश कर बदनाम किया गया है? देखो, लड़ाई में अपना पराया नहीं होता। जहाँ निशाना सीधा लगे वहीं जीत होती है। रंगराजन की जान शालिनी में बसती है। अब सिर्फ़ कम्पनी पर ही नहीं, उसकी आत्मा पर भी चोट करनी होगी। तभी रंगराजन, पुनीत के पैर पकड़ेगा।" शेखर शातिर खिलाड़ी की तरह अपने खेल की रणनीति समझाने की कोशिश कर रहा था।

"मुझे पुनीत सर से बात करनी होगी। क्योंकि अब कोई भी हमला, कोई भी कदम, हमें बहुत सोच-समझ कर उठाना होगा।" राधा शेखर को समझाते हुए बोली।

"मैं कल आप को बताती हूँ, क्या करना है?" कहकर राधा उठकर वहाँ से बाहर चली गई।

इस दौरान पुनीत और रंजीत के बीच हुई बातचीत से राधा अनजान थी।

राधा सुबह पुनीत के पास पहुँच शेखर से हुई सारी बात बताती है।

"शेखर ने काफ़ी धमाकेदार स्क्रिप्ट तैयार की है, कहता है-यह कहानी मार्केट में आने पर रंगराजन को बर्बाद कर देगी। रंगराजन गिड़गिड़ाते हुए आपके पैरों पर गिर जाएगा।" राधा ने बताया।

"राधा अभी रुको, मैं बाद में बताता हूँ।" पुनीत बोला।

"लेकिन उस कहानी में शेखर, रंगराजन की लड़की शालिनी

को मोहरा बनाना चाहता है।" राधा ने आगे कहा।

"नहीं, नहीं बिल्कुल नहीं। ऐसा कोई काम नहीं करना, उसे मना कर दो। बाद में बताते हैं।" पुनीत ने दो टूक अन्दाज़ में कहा।

राधा सुनकर वहाँ से चली गई।

उधर राधा के जाने के फ़ौरन बाद शेखर अपनी दो असिस्टेन्ट को अन्दर बुलाकर कहता है, देखो! रंगराजन की लड़की शालिनी कहाँ जाती है? किससे मिलती है, क्या खाती-पीती है? कैसे बोलती है? यह सब हमें दो दिन में बहुत होशियारी से हिडन कैमरे से शूट करना होगा। किसी को इसकी भनक नहीं लगनी चाहिए।"

दोनों लड़कियाँ अपना काम शुरू कर देती हैं। शालिनी के घर-ऑफिस, अन्य स्थानों पर हिडन कैमरे से उसकी गतिविधियों को रिकॉर्ड करने में लग जाती हैं। शालिनी और रंजीत का एक रेस्टोरेन्ट में एक साथ बैठे कुछ बातें करते हुए भी रिकॉर्ड कर लिया जाता है। शालिनी को रंजीत कार तक छोड़ने आता है। गले मिल कर विदा करता है, यह भी रिकॉर्ड होता है।

अगले दिन सुबह दोनों लड़कियाँ इन रिकॉर्डिंग को शेखर को दिखाती हैं। लड़कियों द्वारा लाए गये फुटेज को देखकर शेखर नाराजगी से कहता है,

"तुम रामायण या महाभारत के किसी चरित्र या आलम आरा, बैजू बावरा फिल्म का री-मेक तैयार करने के लिए यहाँ काम नहीं कर रही हो। इसमें कुछ होने वाला नहीं। कुछ दमदार, चटपटा, धमाकेदार बनाना है, हमें ऐसा फुटेज चाहिए।"

"ओके सर, अभी तो शुरुआत है, आज ही काफ़ी मसाला मिलेगा।" उनमें से एक लड़की मुस्कुराते हुए कहती है।

"मसाला नहीं गरम मसाला चाहिए बेबी... समझी।" शेखर ने उनमें से एक लड़की का गाल पकड़ते हुए कहा।

उसी दिन शाम को रंजीत के साथ शालिनी एक होटल में प्रवेश करते रिकॉर्ड होती है। शालिनी रंजीत का हाथ पकड़ कर गेट में प्रवेश कर रही है, उसके बाद दोनों साथ लिफ्ट में जाते हुए

रिकॉर्ड होते हैं। रंजीत के हाथ में एक बैग है, जबकि शालिनी के पास फाइल है।

दोनों लड़कियाँ शालिनी और रंजीत का पीछा करते हुए लिफ्ट में साथ रहती हैं। पांचवें फ्लोर पर शालिनी-रंजीत लिफ्ट से निकलते हैं और एक कमरे के गेट पर घंटी बजाते हैं। दरवाज़ा खुलता है, दोनों रूम में अन्दर चले जाते हैं।

इनमें से एक लड़की जिसके घड़ी और पर्स में हिडन कैमरा था, वह भी शालिनी के साथ अन्दर चली जाती है।

"अरे! आप भी यहीं आ रही थीं क्या?" शालिनी ने लड़की से पूछा।

"जी... जी... न... नहीं, शायद गलत कमरे में आ गई।" लड़की ने कमरे में चक्कर लगाते हुए जवाब दिया।

"ओह! मैं समझा ये आपके साथ हैं।" पुनीत ने कहा।

"नहीं... नहीं... सॉरी, मुझे भी एक मीटिंग में ज्वाइन करना था। वह भी पांचवें फ्लोर पर थी। गलत कमरे में आ गई, माफ़ कीजिएगा।" लड़की ने जवाब देने के साथ-साथ कमरे में घूम-घूम कर काफ़ी कुछ रिकॉर्ड कर लिया था।

उधर बाहर रुकी दूसरी लड़की होटल के पांचवें फ्लोर का कॉरीडोर शूट कर रही थी।

दोनों लड़कियों ने अपने ऑफिस जा कर इस रिकॉर्डिंग को शेखर को दिखाया। शेखर खुशी से उछलते हुए बोला, "वेल्डन बेबी! अब बनेगा गरमागरम मसाला, काम हो जायेगा।" शेखर कमरे में दो साइबर एडिटर एवं स्क्रिप्ट राइटर को बुलाता है। वीडियो के बारे में बता कर इस पर काम शुरू करने को कहता है।

"देखो हमें, घिसी-पिटी लव स्टोरी या सेक्स स्कैण्डल या कम्युनल ऐंगल नहीं चाहिए। हमें धमाकेदार आतंक और वॉयलेन्स के राष्ट्र विरोधी मसाले से भरपूर साज़िश का सूत्र पिरोना है। ऐसा काम होना चाहिए कि लोग एक झटके में चीख उठें। समझे?" शेखर ने एडिटर और लेखक को समझाते हुए कहा।

पूरी स्क्रिप्ट तैयार होती है। कैसे वीडियो बनेगा, किसकी क्या भूमिका दिखानी है? रंजीत-शालिनी को किस रूप में पेश करना है? इन सारे दिशा निर्देशों के साथ वीडियो सिंगापुर मेल से भेज दिया जाता है। सिंगापुर में इस वीडियो पर "डर्टी साइबर प्रॉडक्शन" शुरू हो जाता है।

शेखर के पास राधा वेंकट का फ़ोन आता है। "मैंने पुनीत से बात की है, वो रंगराजन की लड़की को इस लफ़ड़े में फंसाने के पक्ष में नहीं है।" राधा ने शेखर को जानकारी दी।

"क्यों क्या हुआ मैडम?" शेखर थोड़ा रूखे स्वर में बोला।

"वो तो मुझे नहीं पता। पर वो शालिनी को मोहरा बनाने या बदनाम करने के खिलाफ़ है।" राधा ने दूसरी तरफ़ से शेखर को फ़ोन पर बताया।

"देखो राधा, इस पर काम शुरू हो गया है। देखते हैं, बनकर आने दो। पहले तुम देख लेना, फिर आगे क्या करना है, देखते हैं।" शेखर ने राधा से कहा।

"लेकिन इतनी जल्दी?" राधा बोली।

"हाँ, जी! हमारा काम तो फ़ौरन और फटाफट होता है। प्रॉडक्शन हो रहा है। माल में दम होगा तो खरीदार भी मिल ही जाएगा।" शेखर घमंडी स्वर में बोला। राधा से बात खत्म कर शेखर ने सिंगापुर साइबर ऑफिस में फ़ोन किया।

"हैलो, मैं शेखर बोल रहा हूँ। ऑपरेशन के सभी डॉक्यूमेन्ट्स मिल गये?"

"यस, मिल भी गये। काम भी शुरू हो गया।" दूसरी तरफ़ से जवाब आया।

"लेकिन कहानी स्टीरियो। टाइप घिसी-पिटी नहीं होनी चाहिए। कुछ नया धमाकेदार धांसू होना चाहिए। हमने रफ स्क्रिप्ट भेजी है। इसमें और भी जितना मसाला चटपटा तीखा बना सकते हो, बनाना। जितना कड़वा स्वाद होगा, उतना मीठा सौदा होगा। शायद समझ गये होंगे आप?" शेखर ने सिंगापुर ऑफिस से बात कर रहे व्यक्ति को निर्देश देते हुए कहा।

"ऐसा ही होगा, डियर। हंगामा नहीं, हाहाकार मच जायेगा।"
उधर से जवाब आया।

"गुड! बेहतर होगा, हमें फर्स्ट कट एक-दो दिन में भेज दो।"
शेखर ने निर्देश देते हुए कहा।

"श्योर, कल रात तक पहुँच जायेगा।" उधर से जवाब आया।

6.

ज़फर और सुनील रेड्डी अपने हैदराबाद ऑफिस में बैठे हैं। दो राजनैतिक दलों के नेता सामने बैठे हैं।

"हाँ, भाई, उस पर क्या किया?" एक नेता ने सुनील रेड्डी की तरफ़ मुख़ातिब होते हुए कहा।

"कुछ किया है।" ज़फर ने जवाब दिया।

"देखो भाई, जिस नेता के खिलाफ़ साइबर क्राइम की सुपारी लाये हो, उसकी सबसे बड़ी पूंजी ईमानदारी और राष्ट्रभक्ति है।"
सुनील रेड्डी ने सामने बैठे व्यक्ति से कहा।

"वो तो है भैया, उसी की तो बखिया उधेड़नी है, बन्टाधार करना है।" सामने बैठे नेता ने कहा।

"ठीक है, कहानी तैयार है, फ़साना बाकी है।" ज़फर शेख बोला।

"अरे! फंसाना तो हमें है, कहानी तुम बनाओ।" सामने बैठे नेता ने पान मसाला मुँह में डालते हुए कहा।

"मेरे भाई फंसाना नहीं फंसाना, फ़साने और फंसाने में ज़मीन आसमान का फर्क है।" ज़फर मज़ाकिया लहजे में बोला।

"ठीक है, ठीक है, काम करो, हमें साहित्य का ज्ञान मत दो।"
सामने बैठे व्यक्ति ने पान मसाला चबाते हुए कहा।

"तो सुनो भाई 100% पूरा रोकड़ा चाहिए, क्योंकि इस हंगामे के बाद हो सकता है, हमें कुछ दिनों के लिए इंडिया छोड़कर भागना पड़े।" सुनील रेड्डी बोला।

"पक्का, कल सब मिल जायेगा।" सामने बैठे नेता ने कहा।

इन लोगों के बाहर जाते ही सुनील रेड्डी, रेखा और सुभाष को बुलाता है।

"स्क्रिप्ट तैयार है ना? "सुनील ने पूछा।"

यस बॉस। चीफ मिनिस्टर से इन्टरव्यू का टाइम माँगा है।" रेखा बोली।

तभी सुभाष बताता है, "कल साढ़े दस बजे मुख्यमंत्री निवास पर इन्टरव्यू का समय मिल गया है।"

"गुड।" ज़फर कुर्सी से उठ कर उछलता हुआ रेखा को गले लगा कर बोला।

दूसरे दिन सुबह रेखा और सुभाष मुख्यमंत्री निवास पहुँच गये। उनकी सिक्योरिटी चेकिंग की गई।

"मैडम, पर्स बहुत भारी लग रहा है, क्या है?" चेकिंग कर रहे गार्ड ने पूछा।

"कुछ नहीं, हम पत्रकारों के पास कागज़ों के बंडल के सिवाय क्या होगा? हाँ, कुछ ऑफिस के कर्मचारियों की तनख्वाह का कैश भी है।" सुभाष ने जवाब दिया।

"बैग मशीन में डाल दीजिए।" सिक्योरिटी ऑफिसर ने कहा।

रेखा और सुभाष ने सभी सामानों को मशीन में डाल दिया। इसी बीच लेडी पुलिस ऑफिसर ने रेखा की और दूसरे पुलिस अधिकारी ने सुभाष की फ़िज़िकल फ्रिस्किंग की। क्योंकि इनके पास किसी तरह का कोई मेटल का सामान नहीं था, जो कैमरा भी था वह प्लास्टिक बॉडी का था, उन्हें सिक्योरिटी चेक के बाद उनका बैग आदि वापस कर मुख्यमंत्री निवास के वेटिंग लाउन्ज में इन्तज़ार करने को कहा।

रेखा और सुभाष मुख्यमंत्री निवास के वेटिंग लाउन्ज में उनसे मिलने का इन्तज़ार कर रहे हैं, कुछ देर बाद एक चपरासी आकर सुभाष और रेखा को अन्दर जाने का इशारा करता है।

दोनों मुख्यमंत्री जी के कमरे के दरवाज़े पर पहुँच कर रुकते हुए कहते हैं, "सर, हम अन्दर आ सकते हैं?"

"आइए, बैठिए।" मुख्यमंत्री दोनों को सामने की कुर्सी पर बैठने का इशारा करते हैं।

"हमारे देश का मीडिया तो हमारी सरकार की कामयाबी के किस्से लिखता रहता है, लेकिन विदेश में भी हमारे काम की चर्चा हो रही है, खुशी की बात है। क्या लेंगे, चाय, कॉफी या कुछ ठंडा?" मुख्यमंत्री ने चाय की चुस्की लेते हुए पूछा।

"नहीं सर, हम लोग बाहर वेटिंग रूम में चाय पी चुके हैं। जहाँ तक आपकी लोकप्रियता का सवाल है, तो उसी से प्रभावित होकर तो हम भी आये हैं। आप दूसरी बार मुख्यमंत्री बने हैं, तीसरी बार भी चुनाव के बाद बन जायेंगे।" सुभाष मुख्यमंत्री की चाटुकारिता करते हुए बोला।

"अरे भाई! सरकार फूलों की सेज नहीं कांटों का ताज होता है।" मुख्यमंत्री समझाने वाली मुद्रा में बोले और अपनी सरकार की उपलब्धियों के विवरण का एक कागज़ सामने बैठे सुभाष को थमाया।

"सर, ये क्या है?" सुभाष ने कागज़ देखते हुए कहा।

"इसमें हमारी सरकार की अब तक की उपलब्धियों का संक्षिप्त लेखा-जोखा है, पढ़ लेना। तुम्हें रिपोर्ट बनाने में मदद मिलेगी।" मुख्यमंत्री बोले।

"सर, लेकिन क्राइम अभी भी आपके राज्य में कम नहीं हुआ।" रेखा ने मुख्यमंत्री की तरफ़ देखते हुए कहा।

"क्यों, क्या हुआ? काफ़ी हद तक कन्ट्रोल किया गया है। कोई खास घटना हो तो बताओ।" मुख्यमंत्री ने चौंकते हुए पूछा।

"छोड़ो रेखा। हमें इन्टरव्यू शुरू करना चाहिए। फ़ौरन फाइल भी करना है।" सुभाष समझाने वाली मुद्रा में रेखा से बोला।

"नहीं... नहीं। बताओ मैडम, कोई खास बात हो तो अभी कार्यवाही करता हूँ।" मुख्यमंत्री अधिकार भरी आवाज़ में बोले।

"देखिये ना सर, मुझे दस लाख कैश चाहिए थे, जिसे जनता को-ऑपरेटिव बैंक से हमने निकाला। उसमें आधे नोट फ़ेक निकले।" रेखा अपने पर्स की तरफ़ इशारा करते हुए बोली।

"आप कहें, तो दिखा सकती हूँ।" रेखा बैग को टेबल पर रखते हुए कहती है।

"देखें।" मुख्यमंत्री बैग को देखते हुए बोले।

रेखा ने बैग से नोटों की गड्डियाँ निकाल कर मुख्यमंत्री की टेबल पर रख दीं और बोली, "सर आप खुद ही देखिए ना, यह इनमें से दो नोटों की गड्डियां नकली हैं।" नोटों की गड्डियों की तरफ़ इशारा करते हुए रेखा बोली।

मुख्यमंत्री नोटों की गड्डियाँ अपने हाथों से चेक करने लगे। एक-एक गड्डी को अलग-अलग कर देखने लगे और नोटों को उनके सामने रखी फाइलों पर रखते जा रहे थे, जिससे नोटों की गड्डियां बहुत ऊँची दिखाई पड़ रही थीं।

"अरे छोड़ो रेखा, हम निपट लेंगे। क्यों सी.एम. साहब को परेशान कर रही हो? अगर हमसे नहीं निपटेगा, तो हम सरकार की मदद लेंगे।" सुभाष नोटों की गड्डियाँ फाइलों से उठाकर रेखा के बैग में भरते हुए बोला।

"जनता को-ऑपरेटिव बैंक तो विपक्ष के नेता राधेश्याम जी का है। इन लोगों का काम ही गड़बड़ झाला करना रह गया है।" मुख्यमंत्री बोले।

"अगर आप इजाज़त दें तो हम इस इन्टरव्यू को रिकॉर्ड भी कर लें।" सुभाष छोटे ऑडियो रिकॉर्डर की तरफ़ इशारा करता हुआ बोला।

"रिकॉर्ड-विकॉर्ड नहीं, लिख-पढ़ लो भाई। हाँ, हमारा इन्टरव्यू छापने से पहले एक बार हमें भेज देना। देख लूंगा, चुनाव का वक्त है, कुछ उल्टा-सीधा ना हो।" मुख्यमंत्री ने समझाते हुए कहा।

"आपकी पार्टी, राष्ट्रीय पार्टियों को पछाड़ कर लोगों के दिल पर कैसे राज कर रही है?" रेखा ने प्रश्न किया।

"देखो हमारा एक ही सिद्धांत है, सेवा और सुशासन मन से, कर्म से, वचन से साफ़ और ईमानदार होना चाहिए।" मुख्यमंत्री ने संक्षिप्त जवाब दिया।

"पर आपकी सरकार में कुछ मंत्री तो काफ़ी संदेहास्पद हैं। नाम नहीं लेना चाहती।" रेखा ने सवाल किया।

"देखो भाई, मुझ पर कोई आरोप तो विपक्ष लगा नहीं पाता है तो किसी मंत्री या अधिकारी को घेरता रहता है। न कोई प्रमाण, ना सच्चाई, उनके आरोपों में सब हवा-हवाई बातें होती हैं। इसीलिए जनता भी इनकी नहीं सुनती।" मुख्यमंत्री ने मुस्कुराते हुए जवाब दिया।

"मुख्यमंत्री जी, इस चुनाव में आपका नारा और एजेन्डा क्या होगा?" सुभाष ने पूछा।

"आज हमारी सरकार को लगभग सात वर्ष होने जा रहे हैं, पहली बार तो हमें सिर्फ़ 2 साल मिले थे, इस बार पाँच साल पूरे हो रहे हैं। इस दौरान गाँव-गरीब-किसान-महिला एवं नौजवान की तरक्की और कानून का राज हमारी प्राथमिकता रही है। हमने यह सब ज़मीनी स्तर पर करके भी दिखाया, लेकिन अभी भी हमें बहुत कुछ करना है। रही बात चुनाव के नारे की तो इस चुनाव का नारा तो सिर्फ़ यही है,

'गरीबों की खैर, बेइमानों से बैर।। '

"यही हमारा नारा भी है, ऐजेन्डा भी है।" मुख्यमंत्री ने हंसते हुए जवाब दिया।

रेखा और सुभाष जोर-जोर से हंसते हुए बोले, "सर, इस नारे से तो आप और आपकी सरकार का सारा संदेश साफ़ है।"

"मुख्यमंत्री जी, आपकी पार्टी के आप इकलौते नेता भी हैं और सरकार के मुखिया भी, आपके यहाँ कोई दूसरा नेता क्यों नहीं उभर पाया?" रेखा ने सवाल किया।

"देखो भैया, अरे बहना, हज़ारों कार्यकर्ताओं ने खून-पसीने से सींच कर यह पार्टी बनाई है। जब बड़ी-बड़ी पार्टियां प्रदेश के हितों को अनदेखा कर अपना उल्लू सीधा करती रहीं, तो जनता ने हम पर विश्वास किया।" मुख्यमंत्री ने जवाब दिया।

"लेकिन सर, हमारे सवाल का जवाब नहीं मिला कि आपकी

पार्टी में आपके बाद कौन नेता है?" आपके बाद का मतलब आपके बाद कौन शक्तिशाली है? सुभाष ने पूछा।

"सबसे बड़ी शक्तिशाली तो जनता है, हम सब तो उसके सेवक हैं और सेवक कभी शक्तिशाली नहीं, सेवाकारी होता है।" मुख्यमंत्री ने मुस्कुराते हुए कहा।

"सर, इसी हाज़िर जवाबी ने तो आपको जनता का हीरो बनाया है।" रेखा ने मुख्यमंत्री से कहा।

"धन्यवाद! देखो भाई, चुनाव जीतने दो, बहुत मौके आयेंगे, फिर जितना चाहोगे इन्टरव्यू मिल जायेगा। मुझे अभी दूसरे कार्यक्रम में भी जाना है। काफ़ी बात हो गई है और कुछ जोड़ना हो, तो एक प्रश्नावली बना कर भेज देना, जवाब भेज दूँगा।" मुख्यमंत्री ने रेखा और सुभाष से हाथ जोड़ते हुए कहा।

"ठीक है सर, बहुत अच्छी बात रही। आगे भी आपके सम्पर्क में रहेंगे, जो आपने कहा है, वो हम भेज देंगे। आपको मिल जायेगा।" रेखा कहते हुए खड़ी हो गई।

"क्या, क्या भेज देंगे?" मुख्यमंत्री ने पूछा।

"अरे सर, इन्टरव्यू की छापने से पहले कॉपी।" रेखा ने जवाब दिया।

"ओह! हाँ, हाँ, ठीक है। अच्छा नमस्ते।" कहकर मुख्यमंत्री ने अपने सेक्रेटरी को अन्दर बुलाया।

रेखा-सुभाष मुख्यमंत्री के कमरे से निकल कर अपनी कार से सीधे ऑफिस पहुँचे, जहाँ सुनील रेड्डी और ज़फर शेख बेचैनी से दोनों का इन्तज़ार कर रहे हैं।

सुनील और ज़फर ने रेखा और सुभाष का खड़े होकर स्वागत किया।

"सब ठीक रहा ना? हमें तो चिन्ता थी, रिस्की काम था।" सुनील बोला।

"जी, सब ठीक है। बहुत कुछ मसाला हाथ आ गया है। वैसे बहुत सरल और सीधा आदमी है, ये मुख्यमंत्री।" रेखा बोली।

"चलो वो तो ठीक है, वैसे तो मैं भी इस आदमी की इज्ज़त करता हूँ, लेकिन काम तो काम है। देखते हैं, क्या क्रकके लाई हो? इस सीधे-साधे-साधू का।" सुनील रेड्डी बोला।

चेम्बर लॉक कर चारों लोग शूट किया गया फुटेज देखने लगते हैं...

"ओह!"

"ओह नो! कमाल का मटिरीयल है।"

"ये तो गज़ब हो जायेगा।"

"माई गॉड, ये बेचारा, सरल-सीधा तो बिना मौत मरा।" फुटेज देखने के साथ सुनील और ज़फर की आवाज़ें निकल रही थीं।

"इस पर काम शुरू कर दो।" ज़फर बोला।

दरअसल सुभाष के चश्मे में ख़ुफिया कैमरा था, जबकि रेखा की घड़ी और बैग में ख़ुफिया कैमरा लगा था, जिसके जरिए मुख्यमंत्री के कमरे में हो रही सभी गतिविधियाँ रिकॉर्ड हो रही थीं।

"सुनील, हमें यह सारा फुटेज फ़ौरन हैदराबाद से बाहर भेजना होगा।" ज़फर ने सुनील को सुझाव दिया।

"ईवनिंग फ़्लाइट से मुम्बई।"

"नहीं, नहीं, इंडिया में नहीं। दुबई या सिंगापुर भेजना होगा।" ज़फर, सुनील की बात काटते हुए बीच में बोला।

"हमें सुभाष और रेखा को भी फ़ौरन अन्डरग्राउण्ड करना होगा। क्योंकि यह दोनों इस पूरे काण्ड के मुख्य पात्र होंगे। लोग इन्हें पहचानेंगे और ढूंढ़ेंगे।" ज़फर रेखा की तरफ़ इशारा करता हुआ बोला।

ईवनिंग फ़्लाइट से सुभाष और रेखा फुटेज लेकर दुबई रवाना हो गये थे। दुबई में सुनील रेड्डी और ज़फर शेख का कॉन्ट्रैक्ट साइबर हब है।

दुबई साइबर हब दुनिया में बड़े-बड़े साइबर क्राइम का एक बड़ा केन्द्र है। दुनिया की बहुत-सी साइबर ठगों की कम्पनियाँ अपनी साइबर साज़िश को यहाँ ही धारदार-धमाकेदार बनाती हैं,

वैसे यह हब अधिकृत रूप से एक बड़ी मल्टीनेशनल आईटी कम्पनी के रूप में जाना जाता है।

यह साइबर हब ना केवल किसी भी आवाज़ को उसी की आवाज़ की तरह डब करके पेश करता है, बल्कि स्पेशल इफ़ेकट से चेहरा-चाल भी काफ़ी हद तक मिला देती है। इसके पास दुनिया की लेटेस्ट टेक्नोलॉजी है।

इसी कम्पनी ने अलक़ायदा सहित कई आतंकवादी संगठनों के फुटेज और संदेश पूरी दुनिया में वायरल किये थे, क्योंकि बहुत चालाकी के साथ यह कम्पनी ऑपरेट करती है, इसलिए इसके खिलाफ़ अभी तक कोई पुख्ता सबूत नहीं मिला है, इसलिए इसके खिलाफ़ विश्वभर की सुरक्षा एजेंसियाँ चाहते हुए भी कोई कार्यवाही नहीं कर पाई हैं।

7.

उधर शेखर के पास सिंगापुर से रंगराजन के खिलाफ़ बना वीडियो तैयार हो कर आ गया है। वीडियों देख कर शेखर के पसीने छूट रहे हैं।

वीडियो में दिख रहा है कि रंगराजन कम्पनी की मालकिन शालिनी कार से एक पाँच सितारा होटल पहुँचती है, गेट पर रंजीत उसे रिसीव करता है। दोनों साथ लिफ्ट पर जाते हैं। लिफ्ट में इनके साथ एक मोटा-अन्जान व्यक्ति भी दिखाई दे रहा है, एक फ्लोर पर उतर कर ये लोग होटल के एक रूम में प्रवेश करते दिखते हैं।

उस कमरे में दो लोग पहले से मौजूद हैं, शालिनी और रंजीत और उनके साथ लिफ्ट में आया मोटा व्यक्ति सामने बैठ जाता है, इन लोगों के बीच बात शुरू होती है।

"मुझे मालूम है, तुम्हारी कम्पनी पूरी तरह से डूब रही है। सब कुछ नीलाम होने की कगार पर है।" सामने बैठा माफ़िया की तरह दिखने वाला व्यक्ति बोला।

"जी, तभी तो आपकी शरण में आई हूँ।" शालिनी बोलती है।

“ठीक है, हम तुम्हारी मदद करेंगे, पर तुम्हें भी कुछ करना होगा।” सामने बैठे गन्जे व्यक्ति ने कहा।

“क्या करना होगा?” रंजीत पूछता, दिखता है।

“तुम्हें अपने गोदाम में हमारे कुछ विस्फोटक और खतरनाक सामान रखने होंगे, क्योंकि यहाँ से हम हिन्दुस्तान के किसी भी कोने में आसानी से इन विस्फोटकों को भेज सकते हैं। हाँ, तुम्हें अपनी कम्पनी के ही ट्रान्सपोर्ट से इनको, हम जहाँ कहें पहुँचाने के लिए मदद करनी होगी।” माफ़िया जैसा दिखने वाला व्यक्ति बोला।

“वैसे भी हमारे गोदाम खाली पड़े हैं। ज़्यादातर ट्रकें, गाड़ियां भी खड़े हैं, ठीक है, सौदा डन।” शालिनी कहती दिखती है।

“गुड, हम सुप्रीम को तो तबाह करेंगे ही, पूरे हिन्दुस्तान को भी हिला देंगे।” सामने बैठे गन्जे व्यक्ति ने भारी आवाज़ में कहा।

“आप तो दुनिया को हिलाने का काम करते हैं, बॉस! यहाँ विस्फोटक और हथियार रखकर क्या करेंगे?” रंजीत सामने बैठे व्यक्ति से पूछता दिख रहा है।

“तुम्हें गोदाम, ट्रान्सपोर्ट और तुम्हारी सेवाओं का पूरा दाम मिलेगा। इसे कहते हैं आम के आम-गुठलियों के दाम। इससे ज़्यादा जानने की कोशिश मत करो।” सामने बैठा गंजा व्यक्ति भारी सी आवाज़ में बोलता दिखता है।

“ठीक है, कल आपको गोदाम की चाबी मिल जायेगी, लेकिन हमें पैसे तो फ़ौरन चाहिए, वह भी करोड़ों में।” शालिनी बोलती दिख रही है।

“ठीक है, अभी इस बैग को तुम ले जाओ। इसमें एक लाख डॉलर हैं।” सामने बैठे गन्जे व्यक्ति ने एक बैग उठाकर शालिनी को देते हुए कहा।

बाहर निकलने से पहले, रंजीत गंजे व्यक्ति का पैर छूता हुआ दिखता है। रंजीत और शालिनी के बैग लेकर बाहर जाने के बाद यह तीनों आपस में बात करते दिखते हैं।

"चलो, अब हिन्दुस्तान की तबाही देश के अन्दर से ही करने में मज़ा आयेगा, घर का पक्का भेदी मिल ही गया।"

"हा... हा... हा... हा।" तीनों एक साथ हंसते हुए दिखाई पड़ रहे हैं।

"पहले हमें स्टॉक एक्सचेंज में धमाका करना है। फिर रेलवे स्टेशन और उसके बाद स्कूल, मन्दिर, दरगाह और फिर आर्मी हेड क्वार्टर, यह सारा टाइम-टेबल सीमा पार वाले आका को भेज चुका हूँ।"

"यह तो सीधा आतंकवादी-राष्ट्रद्रोही साबित होगा, रंगराजन का बच्चा।" शेखर ने कॉफी के कप को होठों से लगाते हुए वीडियो देख कर बोला।

"क्या हमें राधा वेंकट को इसे दिखाना चाहिए?" शेखर ने सामने बैठी लड़की से पूछा।

"यार दो रास्ते हैं। इस काम का दाम या रंगराजन दे या पुनीत दे।" शेखर अपने सामने बैठे कम्पनी के व्यक्ति से बोला। "मतलब रंगराजन या पुनीत यानी रंगराजन एण्ड कम्पनी या सुप्रीम इन्टरनेशन?" सामने बैठे व्यक्ति ने चौंकते हुए पूछा।

"हाँ! मेरे यार, यह प्रोजेक्ट तो बिना कॉन्ट्रेक्ट के हुआ है।" शेखर बोला।

"पर हमें एक बार राधा से बात तो करनी चाहिए। हो सकता है, वही सौदा नक्की करा दे।" इस प्रोजेक्ट के शूट पर लगी लड़की ने सुझाव देते हुए कहा।

"ठीक है, तुम उसे फ़ोन करो। अभी आने को बोलो।" शेखर सिगार जलाते हुए बोला।

"राधा का फ़ोन आया था, वो आने वाली है।" लड़की ने बताया।

इसी बीच राधा वेंकट ने शेखर के चेम्बर में प्रवेश किया।

"ओह राधा! बड़ी उम्र है तुम्हारी, अभी तुम्हारा ही ज़िक्र हो रहा था।" शेखर, राधा की तरफ़ देखता हुआ बोला।

"मुझे क्यों याद कर रहे थे जी?" राधा तिरछी नज़र करते हुए बोली।

“देखो राधा, तुमने तो रंगराजन के ख़िलाफ़ प्रोजेक्ट पर हाँ, ना... कुछ नहीं किया। सो प्रोजेक्ट तो तैयार हो चुका है। तुम चाहो तो देख सकती हो।” शेखर ने राधा से कहा।

“इतना जल्दी बना डाला! चलो देखती हूँ।” राधा ताज्जुब के साथ बोली।

शेखर ने राधा के साथ मिलकर पूरे वीडियो को दुबारा देखा। राधा वीडियो देख कर पसीने-पसीने हो रही थी।

“ओह! कमाल है। ये कैसे?” राधा घबराई हुई बोलती जा रही थी।

“ये जैसा दिख रहा है, वैसा नहीं है, पर जैसा रंगराजन का हमला था उसका बाप है यह।” शेखर घमंडी स्वर में आपराधिक मुस्कान के साथ राधा से बोला।

“वो तो ठीक है, पर पूरे घटना क्रम में तो शालिनी को सेन्टर प्वाइन्ट बनाया गया है। आप लोग जानते हैं! पुनीत शालिनी को पिक्चर में लाने के ख़िलाफ़ है।” राधा ने पानी की बोतल मुँह में लगाते हुए कहा।

“अभी तो शालिनी पिक्चर में आ चुकी है। आगे क्या करना है, बोलो?” शेखर ने राधा से सीधा सवाल पूछा।

“मुझे लगता है पुनीत इसको कभी स्वीकार नहीं करेगा, फिर भी बात करती हूँ।” राधा चिंतित स्वर में बोली।

“क्या मैं इस वीडियो को पुनीत को दिखा सकती हूँ?” राधा ने पूछा।

“हम वीडियो नहीं दे सकते। वो चाहें तो यहाँ आकर देख सकते हैं।” शेखर बोला।

“ठीक है। मैं बात करती हूँ।” राधा कहते हुए वहाँ से निकल कर सीधे सुप्रीम इन्टरनेशनल के ऑफिस पहुँची, जहाँ पुनीत अपने चेम्बर में किसी से फ़ोन पर बात कर रहा था।

“ठीक है। रंजीत, मिलकर बात करते हैं।” कह कर फ़ोन डिस्कनेक्ट कर दिया और राधा से मुख़ातिब होते हुए बोला।

"बोलो राधा, क्या खबर है? कुछ परेशान-हैरान सी नज़र आ रही हो।"

"सर, रंगराजन के खिलाफ़ धमाकेदार वीडियो सिंगापुर वाली साइबर कम्पनी ने बनाया है। वायरल होते ही हाहाकार मच जाएगा, लेकिन।" राधा पुनीत से बोली।

"लेकिन क्या?" पुनीत ने पूछा।

"आप खुद ही चल कर देख लीजिए।" राधा ने पुनीत को सुझाव दिया।

"क्यों, उन लोगों ने तुम्हें कॉपी नहीं दी है?" पुनीत ने सवाल किया।

"नहीं, क्योंकि हमने किसी तरह का सौदा नहीं किया था, ना ही एडवान्स दिया था। शायद! इसलिए वो हमें कॉपी नहीं दे रहे हैं।" राधा बोली।

"फिर क्या करना है?" पुनीत ने पूछा।

"हमें उनके ऑफिस चलकर देखना होगा।" राधा सुझाव देते हुए बोली।

"ठीक है। अभी चलते हैं। क्योंकि काफ़ी डेवलपमेन्ट है, वो तुम्हें बाद में बताऊँगा, लेकिन इसको पहले देखना ज़रूरी है।" पुनीत अपनी कुर्सी से उठते हुए बोला।

इस बीच राधा ने शेखर को फ़ोन कर अपने पहुँचने की सूचना दी। राधा और पुनीत शेखर के ऑफिस पहुँच गये हैं। उसके कमरे में शेखर, उसका एक पार्टनर और दोनों लड़कियाँ, जिन्होंने पूरा खुफिया शूट किया था, मौजूद थे।

शेखर ने खड़े होकर सुप्रीम इन्टरनेशनल के चेयरमैन पुनीत गोयल का स्वागत किया।

"आइए पुनीत बाबू, आपके लिए बिना ऑर्डर का पर्फेक्ट प्रॉडक्ट तैयार किया है।" शेखर, पुनीत को बैठने का इशारा करते हुए बोला।

"क्या लेंगे? कॉफी, चाय या कुछ हार्ड ड्रिंक।" शेखर के साथ बैठे व्यक्ति ने पुनीत से पूछा।

“नहीं, भाई, अपना पर्फेक्ट प्रॉडक्ट दिखाओ।” पुनीत ने कुर्सी पर बैठते हुए कहा।

“वो तो दिखाऊंगा ही सर, पर एक बात पक्की करनी होगी।” शेखर ने पुनीत से कहा।

“बोलो, क्या बात पक्की करनी होगी?” पुनीत, शेखर की तरफ़ देखते हुए झल्ला कर बोला।

“पुनीत बाबू, यह हमारा मल्टीनेशनल प्रॉडक्ट है और हमारा अब तक का सबसे शानदार-धमाकेदार काम है।” शेखर ने पुनीत से कहा।

“वो तो ठीक है। देखें, तो भाई।” पुनीत बोला।

“ज़रूर दिखाऊंगा। बिना माल दिखाए, खरीदार से कैसे सौदा हो सकता है? लेकिन एक बात समझ लीजिए ये आपके लिए सौ प्रतिशत फायदे का सौदा है। ऐसा सौदा जो ‘नहले पर दहला’ साबित होगा।”

“हाँ पुनीत बाबू, हो सकता है, आपको इसमें से कुछ हिस्सा पसन्द ना आये। तब भी हमें इसका खरीदार और दाम तो चाहिए ही।” शेखर, पुनीत से किसी चतुर व्यापारी की तरह सौदेबाज़ी कर रहा था।

“अरे भाई, पहेलियाँ मत बुझाओ। देखें तो, है क्या?” पुनीत गुस्से में बोला।

“ठीक है।” कह कर शेखर ने सामने खड़ी लड़की से टी.वी. स्क्रीन की तरफ़ इशारा करते हुए कहा कि “प्ले करो।”

पूरा वीडियो प्ले हो चुका था।

पुनीत देखने लगा, “ओ... माई... गॉड।” पुनीत ने सिर पीट कर कहा।

“राधा, ये क्या है? ये तो गलत है। बिल्कुल गलत।” पुनीत हकलाते हुए बोला।

वीडियो पूरा हो चुका था। पुनीत हक्का-बक्का था।

“यह सब तो पूरी तरह फ़ेक और हमारी सोच और सच्चाई के विपरीत है।” पुनीत खिसियाई आवाज़ में बोला।

"पुनीत बाबू! जो कुछ रंगराजन कर रहा है, वो क्या सब सच है?" शेखर ने पुनीत से पूछा।

"लेकिन इसमें तुमने जो कहानी बनाई है, वह बिल्कुल ठीक नहीं है। इसका कोई सिर पैर नहीं, जो कुछ भी इसमें दिखाया गया है, वह हमें कभी स्वीकार नहीं है। क्योंकि मैं खुद इसका चश्मदीद गवाह हूँ।" पुनीत ने शेखर से कड़े शब्दों में कहा।

"चश्मदीद गवाह! मतलब?" शेखर ने जिज्ञासा का नाटक करते हुए पूछा।

"हाँ, जो होटल दिख रहा है, जो कमरा सामने दिखाया गया है, उस कमरे में तो मैं और मेरे डायरेक्टर थे।" पुनीत ने कुर्सी से खड़े होते हुए चीख कर कहा।

"मतलब, आप क्या कह रहे हैं?" शेखर चौंकने का ढोंग करते हुए बोला।

"हाँ, शालिनी और उसके दोस्त रंजीत को हमने ही बुलाया था ताकि इस गन्दगी को खत्म किया जा सके, अगर ये वीडियो वायरल हुआ तो शालिनी, रंजीत यही समझेंगे कि यह सब बनवाना, हमारी साज़िश का हिस्सा था।" पुनीत ने शेखर का हाथ पकड़ते हुए कहा।

"शेखर जिस कमरे का शूट हुआ है, वो कमरा तो वही है लेकिन वहाँ तो मैं और मेरा डायरेक्टर था। शालिनी और रंजीत सामने बैठे थे। वहाँ तो बात हुई थी कि हमें इस साइबर जंग को बन्द करना चाहिए। इसमें न हमारा भला है, न रंगराजन का और शालिनी ने कहा था कि हमें फ़ौरन इस गन्दगी को रोकना होगा, वरना हम तो कंगाल हो रहे हैं, साइबर ठग मालामाल होते जा रहे हैं, लेकिन शेखर इसमें तो सब उल्टा-पुल्टा दिख रहा है।

"पुनीत बाबू, हम इसी कमाल का माल कमाते हैं। हमने पहले ही कहा था कि ये हमारा मल्टीनेशनल प्रॉडक्ट है। कई कम्पनियों का हाथ लगा है, इस प्रॉडक्ट को तराशने, सजाने, संवारने में। मैं इतने वर्षों से साइबर सुपारी ले रहा हूँ। बड़े-बड़ों की ऐसी की तैसी कर चुका हूँ। लेकिन इतना टनाटन उत्पादन कभी नहीं बना

पाया था। अब आपकी मर्जी, अच्छा लगे तो अपना लो, बुरा लगे तो जाने दो।" शेखर घमंडी और सीधे मोल भाव की मुद्रा में धमकी देता हुआ बोला।

"लेकिन हमने तो कभी ये नहीं कहा था कि शालिनी को मोहरा बना कर ये गन्दगी करो। ये वीडियो किसी भी तरह से मार्केट में नहीं आना चाहिए।" पुनीत, शेखर से विनती के स्वर में बोला।

"पुनीत बाबू, मैंने पहले ही कहा था, ये मल्टीनेशनल प्रॉडक्ट है, यानी कच्चा माल देश का, प्रॉडक्शन विदेश का और हाँ, कॉपीराईट भी विदेशी पार्टनर का ही है और आप तो जानते हैं, कि कॉपीराइट और वो भी विदेशी कॉपीराइट की रॉयल्टी कितनी चौकस होती है।" शेखर पुनीत के कंधे पर हाथ रखता हुआ बोला।

"शेखर प्लीज़, इस चैप्टर को सिर्फ़ क्लोज ही नहीं, किल भी करना है।" राधा, शेखर से बोली।

"क्लोज और किल की क़ीमत बड़ी है।" शेखर मुस्कुराते हुए बोला।

"कितनी क़ीमत?" पुनीत ने रुमाल से पसीना पोंछते हुए पूछा।

"पचास करोड़ क्लोज के-पचास करोड़ किल करने के।" शेखर, राधा की तरफ़ देखते हुए बोला।

"नो! शेखर तुम्हें तो मालूम है, कम्पनी कर्ज के बोझ से बुरी तरह दब चुकी है। किस वक्त जेल जाना पड़े, कब नीलामी हो, पता नहीं।" पुनीत चिन्तित आवाज़ में बोला।

"वो तो ठीक है, पर इतना नायाब प्रॉडक्ट कौड़ी के भाव तो फेंक नहीं सकते और हाँ यही धमाका आपको जेल जाने से भी बचा सकता है और सुप्रीम को डूबने से भी बचा सकता है, सोच लो।" शेखर अपनी जगह से खड़ा होता हुआ बोला।

"एक सुझाव है, सांप भी मर जाये और लाठी भी न टूटे, अगर आप बोलो तो उसे आज़माता हूँ।" शेखर ने पुनीत से नया सवाल पूछा।

"बोलो भाई, अब क्या नया लफड़ा है?" पुनीत ने खिसिया कर पूछा।

शेखर ने वहाँ मौजूद अपने साथी और दोनों लड़कियों को बाहर जाने का इशारा किया और बोला।

"पुनीत बाबू, आपकी सुप्रीम इन्टरनेशनल तो बर्बादी की तरफ़ बढ़ रही है, लेकिन आपको बर्बादी के कुएँ में झोंक कर रंगराजन दिन दूना-रात चौगुना आबाद हो रहा है, पैसे बरस रहे हैं उस पर। आपके सारे ऑर्डर रंगराजन झटक ले गया है। वो भी ईमानदारी से नहीं, बल्कि बेईमानी और आपकी बदनामी के सहारे।"

"वो तो है, पर हम तो इस लड़ाई को खत्म करना चाहते हैं। काफ़ी हद तक बात आगे भी बढ़ गई है। कल रंगराजन और हमारी मीटिंग तय हो गई है।" पुनीत ने शेखर को समझाने वाले अन्दाज़ में बताया।

"वो सब ठीक है, मेरा सुझाव तो सुन लो आप।" शेखर ठगों के ठस्कें के साथ बोला।

"बताओ?" पुनीत ने पूछा।

"हम इस वीडियो को रंगराजन को दिखाएंगे और इसको किल और क्लोज करने की क़ीमत पांच सौ करोड़ मांगेंगे। वो आसानी से देगा। अभी-अभी आपका दो हज़ार करोड़ का नेपाल और बंगला देश का ऑर्डर कैन्सिल होकर उसे मिला है। उसके पास पैसे की कमी नहीं है।" शेखर एक सांस में किसी साज़िशी सौदागर की तरह बोल रहा था।

"लेकिन, इसे तो शालिनी भी देखेगी, वो क्या सोचेगी? हमें पक्का धोखेबाज़, विश्वासघाती समझेगी।" पुनीत शेखर की बात से असहमति व्यक्त करते हुए बोला।

"नहीं, ये सौदा हम राजू राठी, जो रंगराजन का खास आदमी है, उसके जरिए करेंगे। शालिनी को भनक ना लगे, इसकी कोशिश करेंगे।" शेखर ने पुनीत की तरफ़ देखते हुए कहा।

"खतरनाक खेल है।" पुनीत बोला।

"अरे भाई! जो काम रंगराजन ने आपके ख़िलाफ़ किया है, वो क्या था या क्या है?" शेखर ने पुनीत से कहा।

"शेखर हमें सोचने का वक्त चाहिए। कल मॉर्निंग में बताता हूं, पर यह वीडियो किसी भी तरह मार्केट में नहीं आना चाहिए, प्लीज़।" पुनीत ने शेखर से विनती करते हुए कहा।

"लेकिन जब तक यह मामला फाइनल नहीं होता। तब तक आपकी रंगराजन से मुलाकात नहीं होनी चाहिए। इस बात का ध्यान रखना होगा।" शेखर ने पुनीत को निर्देश देने वाले अन्दाज़ में कहा।

"ठीक है। कोशिश करता हूँ। अच्छा, अभी चलता हूँ। कल बात करते हैं।" कहते हुए पुनीत और राधा, शेखर के कमरे से बाहर निकल गये।

शेखर ने बाहर बैठे अपने साथी और दोनों लड़कियों को अन्दर बुलाया।

"ये सुप्रीम का चेयरमैन तो रंगराजन की लौंडिया की ऐसी फ़िक्र कर रहा है, जैसा इसका उसके साथ कोई गहरा टाँका है, अपनी चिन्ता से ज़्यादा उस लौंडिया की चिन्ता कर रहा है।" शेखर के साथी ने अन्दर आते ही चुटकी लेते हुए कहा।

"नहीं, बात कुछ और है, बाद में बताता हूँ। पहले वो रंगराजन का चेला राजू राठी जो तुम्हारे भी सम्पर्क में है, उससे बात करो। कल मिलने का समय तय कर लो।" शेखर बोला।

"क्यों, क्या हुआ सौदा नहीं बना?" शेखर के साथी ने पूछा।

"मार्केट ओपन रखनी हैं, बस यही।" शेखर ने मुस्कुराते हुए कहा।

"ठीक है। राजू राठी से बात करता हूं, कल ही उसका फ़ोन भी आया था।" शेखर के साथी ने बताया।

"ठीक है। अपने काम में लग जाओ। आगे क्या करना है, बताता हूँ।" शेखर बोला।

पुनीत वापस अपने ऑफिस पहुँच चुका था।

राधा उसके साथ चिन्तित मुद्रा में बैठी है।

"राधा जितना वो माँग रहा है, वो तो हम कहीं से भी नहीं दे सकते। कहाँ से सौ करोड़ देंगे? वह भी उस काम के लिए जो हमें पसंद ही नहीं है।" पुनीत, राधा से बोला।

"फिर उन लोगों को रंगराजन से सौदा कर लेने देते हैं।" राधा बोली।

"तुम्हें क्या लगता है? जैसा वो कह रहे हैं, वैसा ही करेंगे। मुझे तो इसमें भी चालाकी का चक्रव्यूह दिख रहा है। आज जब दोनों कम्पनियों के बीच चल रही डर्टी जंग खत्म होने वाली है, सब कुछ सामान्य होने के हालात बन रहे हैं, तो ये सब।" पुनीत, राधा से बोला।

"फिर हमारे पास कोई रास्ता भी तो नहीं है और समय भी नहीं है, हमें जो भी करना, कहना है, अभी तय करना होगा।" राधा ने पुनीत को समझाते हुए कहा।

"ठीक है, उसे रंगराजन से सौदा करने दो, लेकिन हमें रंजीत को इस पूरे मामले में विश्वास में लेना होगा।" पुनीत कुछ सोचकर बोला।

"सर, आप क्या कह रहे हैं?" राधा आश्चर्यचकित होकर बोली।

"हाँ, ठीक कह रहा हूँ। सोच समझकर कह रहा हूँ।" पुनीत, राधा की बातचीत को काटते हुए बोला।

इसी बीच पुनीत के मोबाइल पर रंजीत का फ़ोन आ गया।

"हाँ... बोलो रंजीत, मैं अभी आपको कॉल करने ही वाला था।" पुनीत ने रंजीत से फ़ोन पर कहा।

"कल रंगराजन से लंच पर मिलने का समय तय हुआ है, आप चाहें तो आपके घर या रंगराजन के घर मिल लेंगे, जो आपको ठीक लगे।" उधर से रंजीत ने अच्छे समाचार की तरह सूचना दी।

"क्या हम ब्रेकफास्ट पर नहीं मिल सकते?" पुनीत ने रंजीत से पूछा।

"ठीक है। मैं शालिनी से बात करके बताता हूँ।" पुनीत ने उधर से जवाब दिया।

"लेकिन रंजीत, क्या हम उससे पहले आज ही तुमसे नहीं मिल सकते?" पुनीत ने रंजीत से पूछा।

"शालिनी और मैं?" रंजीत ने जानना चाहा।

"नहीं, नहीं। आप अकेले।" पुनीत ने जवाब दिया।

"ठीक है। मैं पहले शालिनी से कल के ब्रेकफास्ट का तय कर आपको फ़ोन करता हूँ।" रंजीत ने कहते हुए फ़ोन डिस्कनेक्ट कर दिया।

रंजीत ने शालिनी से बात कर रंगराजन और पुनीत की ब्रेकफास्ट मीटिंग, रंगराजन के फार्महाउस में तय कर दी और इसकी सूचना देने वह खुद पुनीत के ऑफिस पहुँच गया।

"कल सुबह नौ बजे रंगराजन साहब के फार्महाउस में ब्रेकफास्ट मीटिंग तय हो गई है।" रंजीत ने पुनीत के ऑफिस पहुंचते ही खुशी के साथ उसे बताया।

"गुड! पुनीत मैं तुम्हारा एहसान कभी नहीं भूलूंगा। बहुत बड़ी मुसीबत से हम दोनों को आजाद करा रहे हो। आपसे शायद पिछले जन्म में ज़रूर हमारा कोई बहुत गहरा रिश्ता रहा होगा।" पुनीत ने रंजीत को गले लगाते हुए कहा।

"नहीं सर... इस 'साइबर सुपारी' के चक्कर में आप दोनों ऐसे जुए को खेल रहे हैं, जिसमें कोई जीतने वाला नहीं।" रंजीत बोला।

"रंजीत एक बहुत ही ज़रूरी बात तुमसे शेयर करनी है।" पुनीत, रंजीत से बोला।

"जी सर, बताइए ना।" रंजीत बोला।

तभी पुनीत के मोबाइल पर फ़ोन आता है। यह फ़ोन शेखर का है। शेखर का फ़ोन देखकर पुनीत रंजीत को 'एक्सक्यूज मी' कह कर कमरे से बाहर चला जाता है।

"हाँ शेखर बोलो, क्या है?" पुनीत ने पूछा।

"पुनीत बाबू! आप माने नहीं ना, कल सुबह आपने रंगराजन के साथ ब्रेकफास्ट मीटिंग तय कर ली है। देखो भाई हम दुनिया को चराते हैं और आप हमें चराने की कोशिश कर रहे हो। एक बात

समझ लो, आपकी हर गतिविधि पर हमारी पूरी नज़र है, और हाँ, जब तक हमारा रंगराजन से सौदा नहीं होता, आपकी उससे कोई मीटिंग नहीं होनी चाहिए।" शेखर ने धमकाने और चेतावनी वाले अन्दाज़ में पुनीत से कहा।

"हाँ, मुझे याद है। तुमको एक घंटे बाद फ़ोन करने ही वाला था।" पुनीत ने इधर से जवाब दिया।

"ठीक है, पर कल की ब्रेकफास्ट मीटिंग कैन्सिल कर दो। आपके लिए यही ठीक रहेगा और हमें अपनी तरह से कल तक काम करने दो, फिर चाहे ब्रेकफास्ट करो, लंच करो, जो मर्जी है वो करो।" उधर से शेखर रूखे स्वर में पुनीत से बोला।

"ओके! मैं तुम्हें आधे घण्टे में फ़ोन करता हूँ।" पुनीत ने शेखर से कह कर फ़ोन काट दिया।

पुनीत के चेहरे पर हवाइयाँ उड़ रही थीं। इसी हाल में वह अपने कमरे में वापस आया। रंजीत वहाँ उसका इंतजार कर रहा था।

"क्या हुआ सर, कुछ परेशान नज़र आ रहे हैं?" रंजीत ने पुनीत से पूछा।

"हाँ रंजीत! वही बात तो शेयर करनी है। कड़ी और कड़वी बात है। पता नहीं तुम कैसे रियेक्ट करोगे?" पुनीत ने रंजीत का हाथ पकड़ते हुए कहा।

"नहीं सर, आप बताइए तो।" रंजीत बोला।

"रंजीत, इस साइबर लड़ाई में रंगराजन को जवाब देने के लिए राधा वेंकट ने एक साइबर कम्पनी से कॉन्ट्रेक्ट किया था। कोई सौदा तो नहीं हुआ था, पर बातचीत हुई थी।" पुनीत ने रंजीत को बताते हुए आगे कहा।

"उस कम्पनी ने एक फ़ेक फैब्रिकेटेड वीडियो बनाया है। पर चिन्ता की बात ये है, कि इसमें तुमको और शालिनी को मोहरा बनाया गया है।" पुनीत ने रंजीत से कहा।

"ओह! वही घिसा-पिटा सेक्स स्कैण्डल गढ़ा गया होगा।" रंजीत ने पुनीत से कहा।

"नहीं रंजीत, ऐसा नहीं है। बहुत खतरनाक कहानी बनाई गई है। तुम दोनों को आतंकवादी, राष्ट्रद्रोही साबित करता वीडियो है।" पुनीत ने रंजीत के कंधों पर हाथ रखते हुए कहा।

"क्या कह रहे हैं? क्या वीडियो देख सकते हैं?" रंजीत ने घबराई हुई आवाज़ में कहा।

"नहीं रंजीत, उन लोगों ने हमें वीडियो दिखाया भर है। दिया नहीं, सौदा कर रहे हैं। वीडियो मार्केट में आते ही हाहाकार मच जायेगा। रंगराजन तो निपटेगा ही तुम और शालिनी भी कहीं मुँह दिखाने लायक नहीं रहोगे, बस चिन्ता यही है।" पुनीत ने रंजीत से कहा।

"हमें क्या करना है?" रंजीत बोला।

"वो लोग सौदा कर रहे हैं। हमसे सौ करोड़ की माँग रखी है। अगर हम नहीं देते तो रंगराजन से 500 करोड़ की माँग करने वाले हैं।" पुनीत ने रंजीत को जानकारी देते हुए कहा।

"ओह, नो! ये तो गज़ब हो जायेगा। शालिनी और हमारी सारी मेहनत पर तो पानी फिरेगा ही, ये जंग खत्म होने के बजाय और बड़ा तथा खतरनाक रूप ले सकती है।" रंजीत ने फ़िक्रमन्द आवाज़ में पुनीत से कहा।

"रंजीत, हमें आधे घण्टे में उन्हें सौदे के हाँ या ना का जवाब देना है। साथ ही उन लोगों ने धमकी दी है, कि जब तक उनका सौदा पक्का नहीं होता तब तक हमें ब्रेकफास्ट मीटिंग कैन्सिल करनी होगी।" पुनीत ने रंजीत को बताया।

"फिर आप क्या करने वाले हैं? क्या हमें साइबर क्राइम सेल या पुलिस की मदद नहीं लेनी चाहिए?" रंजीत ने पुनीत से पूछा।

"नहीं रंजीत, उनका जाल बहुत बड़ा है। हो सकता है, जब तक हम कार्यवाही करें, तब तक वो इसे वायरल कर दें और जनता तुम लोगों पर आतंकवादी-राष्ट्रद्रोही की मुहर लगा दें। बहुत होशियारी से काम लेना होगा।" पुनीत ने रंजीत के कन्धे पर हाथ रखते हुए समझाया।

"लेकिन कल की ब्रेकफास्ट मीटिंग का क्या करना है?" रंजीत ने पूछा।

"आप बताओ, क्या करूँ? वैसे भी मैं अभी उन लोगों को सौ करोड़ देने से मना करने वाला हूँ।" पुनीत ने कहा।

"हमें कोशिश करनी चाहिए कि शेखर, रंगराजन तक इस वीडियो को पहुँचाए उससे पहले हमें रंगराजन और शालिनी को सब कुछ बता देना चाहिए। हो सकता है, रंगराजन थोड़ा उखड़े, नाराज हो, लेकिन शालिनी समझदार है, वो सम्भाल लेगी।" रंजीत, पुनीत को सलाह देने वाले अन्दाज़ में बोला।

"लेकिन, हमें अभी क्या कराना चाहिए? ये तो बताओ मेरे भाई।" पुनीत ने रंजीत का हाथ पकड़ते हुए कहा।

"आप शेखर को ना कहने वाले हैं, वो अभी नहीं कल ब्रेकफास्ट मीटिंग से ठीक दस मिनट पहले कहें और उसे टका-सा जवाब दे कर हम रंगराजन के फार्महाउस पहुँच जाएं, शेखर को वक्त नहीं मिलेगा। जब तक वो आगे की सोचेगा, तब तक हम मिलकर काफ़ी कुछ ठीक कर चुकेंगे।" रंजीत ने कहा।

"ये आइडिया ठीक है, इसी तरह आगे बढ़ते हैं।" पुनीत बोला।

"ठीक है, पुनीत कल मिलते हैं।" रंजीत, पुनीत से हाथ मिला कर उनके ऑफिस से चला गया।

रंजीत के जाने के बाद पुनीत ने शेखर को फ़ोन मिला कर कहा कि "शेखर अभी कुछ फाइनल नहीं कर पाया हूँ। पैसे का जुगाड़ भी समझ में नहीं आ रहा है, कुछ और वक्त चाहिए।"

"और कितना वक्त चाहिए? हमें हाँ या ना बोलो, ताकि हम आगे का सौदा देखें।" शेखर उधर से बोला।

"अरे भाई, कल सुबह तक फाइनल कर दूंगा।" पुनीत ने इधर से शेखर को कहा।

"लेकिन एक बात समझ लेना गुरु, हमसे बात करने से पहले रंगराजन से कोई मीटिंग नहीं होनी चाहिए।" शेखर ने पुनीत को याद दिलाते हुए कहा।

"ठीक है भैया, सुबह बात करता हूं।" कहकर पुनीत ने फ़ोन रख दिया।

8.

देर रात का समय है। शेखर के साइबर ऑफिस में उसके साथी के साथ राजू राठी बैठा है। वाइन की बोतल सामने रखी है, राजू राठी और शेखर चुस्की ले रहे हैं। राजू राठी को वीडियो दिखाया जा चुका है।

"शेखर बाबू, ये शालिनी तो पहले से ही मुझसे खार खाती है। साला रंजीत उसको कहानी पढ़ाता रहता था। बहुत धांसू काम किया है।" राजू राठी वाइन का सिप लेते हुए कहता है।

"अरे राजू! तू अपने झगड़े बाद में निपटाना। रोकड़ा शालिनी या रंजीत थोड़े ही देंगे, वो तो रंगराजन से ही ऐंठना होगा।" शेखर के साथी ने राजू राठी को समझाते हुए कहा।

"देखो राजू, चोट सीधे रंगराजन एण्ड कम्पनी पर लगती हुए दिखनी और दिखानी होगी, तभी काम बनेगा।" शेखर ने कहा।

"देखो राजू, 500 करोड़ का सौदा है। सौ करोड़ तुम्हारे हिस्से का रहेगा। हाँ, इस काम को बहुत ही होशियारी से अन्जाम देना होगा। तुम्हें जैसा कहा जाए, जो प्लान दिया जाए, ठीक उसी तरह आगे बढ़ना, अपना दिमाग मत लगाना।" शेखर ने राजू के कंधे पर हाथ रखते हुए आदेश देने के अन्दाज़ में कहा।

"वो तो ठीक है। जो भी, जैसा भी प्लान दोगे, वैसे ही करूंगा। सौ करोड़ ज़िन्दगी का हर सपना साकार करने के लिए काफ़ी है। लेकिन हमें इस वीडियो की कॉपी तो अभी चाहिए, ताकि खेल की शुरुआत तो हो सके।" राजू राठी बोला।

"वो तो हम तुम्हें दे ही रहे हैं, लेकिन एक बात समझ लेना, रंगराजन से सौदे की बात तुम नहीं करोगे, वो सीधे हम करेंगे।" शेखर राजू राठी को सी.डी. देता हुआ बोला।

राजू राठी वीडियो की सी.डी. कॉपी लेकर सीधे रंगराजन फार्म

हाउस के लिए निकल गया। क्योंकि उसको रात में ही रंगराजन फार्म हाउस पहुँच कर कल सुबह के ब्रेकफास्ट मीटिंग की तैयारी भी करनी थी। राजू राठी को शेखर और पुनीत के बीच चल रही बात की जानकारी नहीं थी, ना ही शेखर ने उसे इस बारे में कुछ बताया था। राजू राठी रंगराजन फार्म पहुँच कर सीधा उस डाइनिंग रूम में पहुँचा, जहाँ कल की मीटिंग होने वाली थी। सामने लगे टी.वी. को ऑन कर उसे चेक किया। टी.वी. के साथ वीडियो, सी.डी. कनेक्टर के तार आदि को ठीक किया, ताकि समय पर, जो चाहता है, वो दिखा सके।

प्रात:काल पुनीत ने रंगराजन के फार्म हाउस पर निकलने से पहले शेखर को फ़ोन किया।

"शेखर, मैं कुछ नहीं दे पाऊँगा, आप फ्री हो, जहाँ चाहो सौदा कर लो।" पुनीत शेखर से बोला।

"पुनीत बाबू! मुझे मालूम है, तुम ब्रेकफास्ट पर रंगराजन के फार्म हाउस जा रहे हो। तुम गुरु हो तो हमें गुरुघंटाल समझ लो।" शेखर ने उधर से कहा।

"हमारी ना है, गुरुघंटाल जी। बस और ज़्यादा मुझे कुछ नहीं कहना है।" शेखर से कह कर फ़ोन काटा। पुनीत, रंगराजन के फार्महाउस के लिए निकल गया।

लगभग सुबह साढ़े आठ बजे रंगराजन और शालिनी की कार ने फार्महाउस में प्रवेश किया, ठीक उसके दस मिनट के बाद पुनीत, रंजीत और राधा वेंकट एक साथ कार में फार्महाउस पहुँचे। रंगराजन-शालिनी, रंजीत और पुनीत तथा राधा वेंकट ड्राइंगरूम के सोफे पर बैठे बात कर रहे हैं।

"पुनीत बाबू बहुत हो चुका। आपका भी नुकसान हुआ। हमारा भी काफ़ी कुछ नुकसान हुआ। एक दूसरे को गिराने की होड़ में हम खुद गिरते गये, एक दूसरे की बर्बादी की ज़िद में हम उस अंधे रास्ते पर चल रहे हैं, जिसका अन्तिम छोर मौत का कुआं है, बर्बादी का बंकर है। हमें उस बेहूदा और बेसिर-पैर की जंग

से बाहर निकलना होगा।" शालिनी ने ड्राइंगरूम की खामोशी को तोड़ते हुए बात का सिलसिला शुरू किया।

"लेकिन शुरू कहाँ से हुई ये गन्दगी? आज जब जवाबी हमले हुए तो युद्ध विराम।" रंगराजन शालिनी की तरफ़ देखता हुआ तीखे स्वर में बोला।

"डैड, शुरू कहाँ से हुआ? खत्म कहाँ हुआ? अब इन गड़े मुर्दों को छोड़कर हमें नये रास्ते और अपने-अपने काम को ठीक ढंग से आगे बढ़ाने में लगना चाहिए। जो हुआ उसे एक बुरा सपना समझकर भूल जाना चाहिए। आज हमारे प्रॉडक्ट की नेशनल-इन्टरनेशनल इतनी माँग है कि हम दोनों मिलकर भी इसे पूरा नहीं कर सकते। हमारे इस झगड़े में बंगलादेश का हमारा ऑर्डर पाकिस्तान की कम्पनी झटक ले गई। जबकि उसका खुद का कोई प्रॉडक्शन नहीं है। चाइना से माल बनवाकर अपनी कम्पनी का ठप्पा लगाकर मार्केटिंग कर रहा है। इसलिए हमें समझदारी से काम लेना चाहिए।" शालिनी, रंगराजन को किसी टीचर की तरह समझाते हुए बोली।

इस दौरान पुनीत-रंजीत-राधा वेंकट चुपचाप किसी आने वाले तूफान के एहसास से सहमे बैठे थे। रंगराजन या शालिनी की बात पर कोई रियेक्ट नहीं कर रहे थे। दरअसल उन्हें रंगराजन की कही बात की फ़िक्र नहीं थी। फ़िक्र थी शेखर के भंडाफोड़ वायरल होने वाले वीडियो की।

"पुनीत जी आप भी कुछ बोलिए न।" शालिनी ने पुनीत की तरफ़ देखते हुए कहा।

"शालिनी, आप ठीक कह रही हैं। ह...ह... हमें।" पुनीत अपनी बात पूरी भी नहीं कर पाया कि सामने राजू राठी खलनायकी मुस्कान के साथ आते हुए बोला।

"ब्रेकफास्ट तैयार है, डाइनिंग टेबल पर चलें आप लोग।"

सभी लोग उठकर डाइनिंग रूम के लिए चल दिये, वहाँ लगी बड़ी डाइनिंग टेबल पर नाश्ता पहिले से सज़ा है। सब लोग अपनी

कुर्सी पर बैठ चुके हैं, नौकर सभी के गिलास में जूस डालता है, पुनीत जूस की जगह ब्लैक कॉफी लेता है। इसी बीच राजू राठी फिर डाइनिंग रूम में कुछ हाथ में लिए आता है।

"सर, मुझे कुछ मज़ेदार वीडियो दिखाना है, ब्रेकफास्ट के साथ या उसके बाद दिखाऊँ?" राजू राठी ने रंगराजन से पूछा।

"क्या मज़ेदार वीडियो लाया है?" रंगराजन ने पूछा।

राजू राठी रिमोट से टी.वी. ऑन करने लगा तभी रंजीत राजू को देखते हुए बोला।

"अरे भैया! नाश्ता-वाश्ता ठीक से कर लेने दो। बाद में देखते हैं।"

"अरे! दिखाने दो नाश्ता भी करते रहेंगे, देखते भी रहेंगे।" शालिनी, रंजीत को टोकते हुए बोली।

"शालिनी बाद में देखते हैं, रंगराजन जी इतने दिनों बाद मिले हैं, बात करने दो, गिले-शिकवे दूर करने दो।" पुनीत बोला।

"ठीक है, राजू बाद में देखते हैं।" शालिनी, राजू को इशारा करते हुए बोली। राजू साज़िशी मुस्कान के साथ डाइनिंग रूम से बाहर चला गया।

रंगराजन और पुनीत अपने गिले-शिकवे दूर कर आगे साफ़-सुथरे तरीके से काम करने और इन साइबर साज़िशों के चक्रव्यूह से बाहर निकलने की बात कर रहे थे।

"रंगराजन जी, आपका तो व्यापार में बड़ा अनुभव है, ऊँच-नीच देखा है, आप कैसे इस लफ़ड़े में लिपट गये?" पुनीत ने कॉफी का कप मुंह से लगाते हुए कहा।

"छोड़ो भैया, तुम लोग अपने को काफ़ी होशियार समझते हो, तुम्हें तो लगता था कि रंगराजन एण्ड कम्पनी को लंगड़ी मारे बिना तुम आगे नहीं भाग पाओगे, सो वही करते रहे।" रंगराजन ब्रेड में मक्खन लगाता हुआ बोला।

"अरे डैड, फिर वही घिसी-पिटी बातें, शिकवा-शिकायत।" शालिनी बीच में टोकते हुए बोली।

"रंगराजन जी, मैं मानता हूँ, कहीं-न-कहीं हम भी भटक गये थे। चलिए देर आये दुरुस्त आये।" पुनीत ने मुस्कुराते हुए पराठे के टुकड़े को मुंह में रखते हुए कहा।

"शुक्र करो कि शालिनी जैसी तुम्हारी हमदर्द हमारे घर में मौजूद है। वरना तो।" रंगराजन अपनी बात पूरी भी नहीं कर पाया था कि शालिनी बीच में टोकते हुए बोली, "डैड, हमें अच्छी-अच्छी बातें करनी चाहिए। छोड़िये, कल क्या हुआ, कल क्या करना है? तल्ख़ी खत्म कर दोनों तरक्की की बात करें।"

तनावपूर्ण रिश्ते, सामान्य से बनने का रास्ता साफ़ हो रहा था, यही शालिनी भी चाहती थी। नाश्ता खत्म होने के बाद सभी लोग फिर से ड्राइंगरूम में वापस आ गये। राजू राठी पहले से ही ड्राइंगरूम में एक लैपटाप लेकर बैठा था।

शालिनी ने राजू राठी की तरफ़ देखते हुए कहा, "हाँ दिखाओ राजू, क्या दिखाना है?"

"शालिनी, मैं आपसे कुछ अलग से बात करना चाहता हूँ।" रंजीत शालिनी के पास आकर धीरे से बोला।

"ठीक है, ये देख लेते हैं फिर लॉन में चलते हैं। राजू कितनी देर का वीडियो है?" शालिनी ने धीरे से रंजीत को जवाब देते हुए जोर से राजू से पूछा।

"मैडम बस, आठ-नौ मिनट से कम का वीडियो होगा।" राजू ने जवाब दिया।

इसी बीच राजू के मोबाइल पर कोई कॉल आ गई। राजू मोबाइल कान पर लगाता हुआ कमरे से बाहर चला गया। थोड़ी देर बात करने के बाद अन्दर आया तो शालिनी और रंजीत ड्राइंगरूम में नहीं थे। वो दोनों लॉन में टहल-टहल के बात कर रहे थे। राजू राठी समझ गया कि रंजीत, शालिनी को कुछ बातें बता रहा है। राजू राठी लॉन की तरफ़ जाकर शालिनी से कुछ कहना चाहता है। शालिनी, राजू को हाथ के इशारे से वापस जाने को कहती है। राजू वापस कमरे में आता है, तो वह रंगराजन और पुनीत को गले

मिलते और ठहाके लगाते देख हक्का-बक्का रह जाता है।

रंजीत और शालिनी अभी भी लॉन में बात करते दिख रहे हैं।

राजू राठी को शेखर की तरफ़ से जितना डायरेक्शन दिया गया था, उसके विपरीत हो रहा था। उसे लग रहा था, कि उसका सौ करोड़ का सपना स्वाहा होने के रास्ते पर बढ़ रहा है। वो इन सभी घटनाक्रमों को साफ़-साफ़ शेखर से भी नहीं बता पा रहा था। उसे डर था कि कहीं उसका पत्ता काट कर शेखर सीधे रंगराजन से डील में ना लग जाए। हालांकि अभी राजू राठी के पास शेखर का दिया गया प्लान बी, मौजूद था। जिससे किसी भी चूक की कोई गुंजाइश नहीं थी।

<h1 style="text-align:center">9.</h1>

पूरे प्रदेश में चुनाव की गहमा-गहमी चल रही है, सत्ता पक्ष और विपक्षी गठबन्धन में कांटे की टक्कर चल रही है, सत्ता पार्टी की चुनावी जीत का सारा दारोमदार मुख्यमंत्री की ईमानदारी एवं छवि पर टिका है, विपक्ष भी उनकी ईमानदारी पर कोई बट्टा नहीं लगा पा रहा था।

सत्ता पार्टी की ताबड़तोड़ चुनावी सभाएँ, रैलियाँ चल रही हैं।

मुख्यमंत्री अपनी पार्टी के स्टार प्रचारक हैं, क्योंकि सत्ता पार्टी क्षेत्रीय पार्टी है, इसलिए उसके पास ना कोई राष्ट्रीय नेता है, ना कोई बड़ा क्षेत्रीय प्रचारक। मुख्यमंत्री जी कहते हैं, "मेरे प्रान्त के मालिकों, आपने हमें जो ज़िम्मेदारी पांच साल पहले दी थी, उसे आपकी उम्मीदों के मुताबिक पूरी ईमानदारी-मेहनत-लगन के साथ निभाने की कोशिश की है। जनता की अमानत में खयानत ना हो, इसके लिए बेईमानी के बाहुबलियों, घोटालों के घड़ियालों और सत्ता के चम्पुओं और चाटुकारों से प्रदेश को मुक्त रखा। बिना रुके-बिना थके पूरी ताकत के साथ गाँव के गरीब, किसान, नौजवान-महिलाएं और मजदूरों के सरोकार को समर्पित रही मेरी सरकार के पाँच साल पूरे हो गये हैं। फिर से जनादेश के लिए आपके दरबार में आये

हैं। अपने काम और कर्तव्य के हिसाब-किताब के साथ, मुख्यमंत्री निवास के मन्दिर में, हनुमान जी के चरणों में अगली सरकार की चाबी रख कर आपके पास आया हूँ, जिसे आप जनादेश देंगे, वही हनुमान जी के चरणों से सत्ता की चाबी लेकर आगे काम करेगा।"

तालियों की गड़गड़ाहट के बीच मुख्यमंत्री के ज़िन्दाबाद, ज़िन्दाबाद के नारे लग रहे हैं। मुख्यमंत्री मीटिंग खत्म कर दूसरी मीटिंग के लिए निकल जाते हैं।

विपक्षी गठबन्धन की कल बड़ी जनसभा होने वाली है। प्रचार-प्रसार जोर-शोर से चल रहा है। पाँचों पार्टियों के गठबन्धन के सभी नेता एक मंच पर मौजूद रहने वाले हैं, कोई बड़ी घोषणा करने वाले हैं। उधर मुख्यमंत्री भी चुनाव प्रचार खत्म कर अपने घर पर अपनी पार्टी के नेताओं और मंत्रियों के साथ मंत्रणा कर रहे हैं।

"अपना तो प्रचार इस समय पीक पर है, विपक्षियों ने तो अभी शुरू भी नहीं किया, मुख्यमंत्री जी।" बैठक में मौजूद एक नेता ने कहा।

"वो तो ठीक है, पर विपक्षी गठबन्धन चूहे के बिल में क्यों घुसा पड़ा है?" मुख्यमंत्री ने जानकारी प्राप्त करने के अन्दाज़ में पूछा।

"साहब उनके पास जनता में कहने को है ही क्या? उनका हर नेता दागदार है। कोई खनन माफ़िया, कोई शराब माफ़िया, कोई राशन माफ़िया, कोई हवाला माफ़िया। इस गठबन्धन का नाम तो 'माफ़िया गठबन्धन' रखना चाहिए था।" वहां मौजूद एक मंत्री ने कटाक्ष करते हुए कहा। वहां मौजूद सभी लोगों ने हंसी के ठहाकों के साथ उनका समर्थन किया।

"सुना है, कल इस गठबन्धन की कोई बड़ी सभा होने वाली है?" मुख्यमंत्री ने जानकारी लेने के अन्दाज़ में पूछा।

"जी जनाब, बड़ी तैयारियाँ हो रही हैं। पाँचों नेता मौजूद रहेंगे, कुछ बड़ी घोषणा करेंगे, ऐसा प्रचार हो रहा है।" एक नेता ने जवाब देते हुए बताया।

"ठीक है, उन्हें अपना काम करने दो। हमें कल अपने सभी कार्यक्रमों की योजना और धारदार बनानी चाहिए। प्रचार के बस दो दिन बचे हैं।" मुख्यमंत्री ने अपने नेताओं को निर्देश दिया।

"मुख्यमंत्री जी सब तैयारी हो चुकी है। कल पूरे प्रदेश में एक साथ सौ छोटी-बड़ी सभाएं, रैलियां होने वाली हैं।" बैठक में मौजूद एक मंत्री ने बताया।

"बहुत अच्छा! ठीक है। अब आप लोग भी आराम करें। कल सुबह से ही सबको अपने-अपने क्षेत्र में लगना होगा।" मुख्यमंत्री खड़े होकर हाथ जोड़ते हुए, अन्दर विश्राम के लिए चले जाते हैं।

दूसरे दिन सायंकाल रामलीला मैदान में विपक्षी गठबन्धन की जनसभा में काफ़ी भीड़ इकट्ठा है, पाँचों पार्टियों के नेता भी मंच पर मौजूद हैं। मंच के बाहर एक बड़ा स्क्रीन भी लगाया गया है।

बड़े स्क्रीन में अभी विपक्षी गठबन्धन के पाँचों नेताओं का हाथ में हाथ थामे फोटो आ रहा है। विपक्षी गठबन्धन की प्रचार फिल्म भी चल रही है। प्रचार फिल्म बन्द करने का इशारा करते हुए, मंच पर मौजूद एक नेता माइक के सामने आते हुए बोला।

"सत्ता पार्टी और उसके मुख्यमंत्री सिर से पैर तक भ्रष्टाचार में डूबे हैं। जब हम विधान सभा या जनसभा में कहते थे तो आप लोग सुनने को तैयार नहीं होते थे।" गठबन्धन के एक नेता ने मंच से सभा की शुरुआत करते हुए कहा।

"प्रदेश को खोखला कर दिया है। जनता की गाढ़ी कमाई के जन-धन की खुले आम लूट हुई है। आज इसका जीता-जागता प्रमाण आपको दिखाना चाहते हैं।" उस विपक्षी गठबन्धन के नेता ने आगे कहा।

मीडिया टकटकी लगाए इस घटनाक्रम को बेचैनी और उत्सुकता से देख रहा था। भीड़ भी सन्नाटे के साथ, उत्सुक थी कि क्या दिखाया जाने वाला है। क्या नया विस्फोट होने वाला है। सामने लगे बड़े स्क्रीन पर एक फिल्म शुरू होती है।

पहले उस स्क्रीन पर कैप्शन आता है।

"सत्यमेव जयते या झूठ मेव जयते।"

फिर मुख्यमंत्री का मालाओं से लदा हुआ फोटो आता है, आगे लिखा है। ये हैं आपके द्वारा दो बार बनाए गये मुख्यमंत्री। देखें इनका कारनामा। इन कैप्शनों के बाद मूल फिल्म शुरू होती है।

मुख्यमंत्री अपने कमरे में बैठे हैं।

एक लड़का और लड़की कमरे में प्रवेश करते हैं। मुख्यमंत्री खड़े होकर उनका स्वागत करते हैं।

लड़की कहती है, "सर, जैसा आपने आदेश दिया था, वह लेकर आई हूँ।"

"कितना है?" मुख्यमंत्री पूछते दिखते हैं।

"सर, अभी 100 करोड़ है। काम होने पर और आ जायेगा।" साथ बैठा लड़का बोलता दिखता है।

"दिखा तो दो।" मुख्यमंत्री कहते हुए दिखते हैं।

"सर, पर हमने आप द्वारा गरीबों को बांटा जाने वाला एक रुपये किलो गेहूं और दो रुपये किलो चावल वाले जनता राशन के लिए विदेश से सड़ा गेहूं और चावल, मंगा लिया है। दो दिन में पानी का जहाज राशन लेकर मुम्बई पोर्ट पर पहुँच जायेगा। लेकिन अभी तक हमारे हाथ ऑर्डर नहीं आया।" सामने बैठा लड़का कहता है।

मुख्यमंत्री एक कागज़ निकाल कर देते हुए कहते हैं, "लो ऑर्डर।"

"थैंक्स सर।" कहते हुए लड़की मुख्यमंत्री के टेबल पर नोटों की गड्डियां रखते हुए दिखती है। मुख्यमंत्री भी नोटों की गड्डियां हाथ से पकड़कर देखते दिखाई पड़ रहे हैं। टेबल पर नोटों की गड्डियों के ढेर से मुख्यमंत्री का आधा मुंह छुपा हुआ दिखाई पड़ रहा है।

"सर, हमारा यह सड़ा खराब अनाज जब गरीबों में बांटा जायेगा तो हो सकता है महामारी फैले। हमें आगे इस महामारी की रोकथाम के इलाज की दवा का भी कॉन्ट्रेक्ट मुह मांगी क़ीमत पर चाहिए।" लड़की मुख्यमंत्री से कहती दिख रही है।

"चुनाव जीतने दो। एक नहीं ऐसे दस कॉन्ट्रेक्ट मिल जाएंगे,

बस हमें काम का तगड़ा दाम देते रहो, फिर चाहे जनता को महामारी से मारो या बीमारी से।" मुख्यमंत्री नोटों की गड्डियों के पीछे, छुपे मुंह बोलते हैं।

तीनों की हँसी की आवाज़ के साथ फिल्म खत्म होती है।

पूरे मैदान में सन्नाटा है। लोग अपने को ठगा महसूस कर रहे हैं। सामने बैठे नौजवान आक्रोशित हैं। देश का गद्दार, मुर्दाबाद, गरीबों का हत्यारा जैसे शब्दों से मुख्यमंत्री और सरकार को गाली दे रहे हैं।

मीडिया में ब्रेकिंग न्यूज़ चल रही हैं, "मुख्यमंत्री की ईमानदारी का झूठा नकाब-बेनकाब", "मुख्यमंत्री तो बेईमानी का बादशाह निकला", "जनता की लाशों के ढेर पर नोटों की उगाही" जैसी हेडलाइन चल रही है। जिस मुख्यमंत्री की लोग पूजा करते थे, उस पर थू-थू कर रहे हैं। उधर सत्ता पार्टी की अलग-अलग जगहों पर चल रही मीटिंगों में लोग ईंट-पत्थर, चप्पल फेंक रहे हैं। चारों ओर सरकार और मुख्यमंत्री के लिए नफ़रत और गुस्से का माहौल खड़ा हो गया है, हर तरफ़ सरकार के खिलाफ़ विद्रोह का माहौल बन गया है।

मुख्यमंत्री ने अपनी सभा में जैसे ही बोलना शुरू किया "बेईमानों से बैर न गरीबों की खैर, हमारी सरकार ने ईमानदारी के साथ आपके हितों की रक्षा की है, आपकी तरक्की के लिए कोई कसर नहीं छोड़ी।"

बीच में ही कुछ नौजवानों ने नारा लगाते हुए कहा, "झूठा है, बेईमानों की खैर-गरीबों से बैर इसका काम रहा है, लूट लिया है इसने, बेच खाया है पूरे प्रदेश को।" मंच पर लोगों ने ईंट-पत्थर फेंकना शुरू कर दिया। कुछ लोगों ने चप्पल भी फेंकी। मुख्यमंत्री को हल्की चोट भी लगी, उनके साथ सुरक्षा कर्मी भी घायल हुए। पुलिस को हल्का लाठी चार्ज भी करना पड़ा। मची भगदड़ में कई महिलाएं और बच्चे घायल हो गये।

मुख्यमंत्री कँे जाते समय कार पर भी ईंट-पत्थर फेंके गये।

सुरक्षा में लगे लोग और कार का ड्राइवर भी घायल हुआ है। यह सारा घटनाक्रम भी मीडिया की सुर्खियां बना हुआ था।

मुख्यमंत्री अपने निवास पहुँच चुके हैं। उनके कुछ मंत्री और नेता भी हताश-निराश होकर वहां पहुंचे हैं। मुख्यमंत्री ने घर पहुँचते ही उस वीडियो को देखा जिसको लेकर हाहाकार मचा हुआ है। वहां मौजूद डी.जी.पी. ने मुख्यमंत्री को वह पूरा वीडियो दिखलाया।

"ये तो बहुत बड़ी साज़िश है।" मुख्यमंत्री घबराए हुए कहते हैं। इसी बीच दो कर्मचारी फर्स्ट ऐड बॉक्स लेकर आते हैं और मुख्यमंत्री के माथे एवं हाथ पर लगी चोट पर मरहम-पट्टी करते हैं।

"सर, अब तो इस साज़िश में विपक्षी गठबन्धन कामयाब हो चुका है। वो जो चाहते थे, उसे उन लोगों ने घर-घर पहुँचा दिया है।" सामने खड़े सूबे के डी.जी.पी. ने कहा।

"लेकिन वो लड़का-लड़की तो किसी विदेशी अखबार के रिपोर्टर थे। इन्टरव्यू लेने आये थे, पर यह सब तो पूरी तरह झूठ-फ़रेब है, जो कुछ भी दिख रहा है, सच्चाई से कोसों दूर है।" मुख्यमंत्री अपनी बात कर ही रहे थे कि उनका पी.ए. मुख्यमंत्री के पास आया।

"सर, कोई पाँच-छह बार फ़ोन कर चुका है। पहले मोबाइल, अब लैण्डलाइन पर फ़ोन आया है, कह रहा है अर्जेन्ट बात करनी है। मैं मुख्यमंत्री जी का हितैषी हूँ।"

"छोड़ो, अभी कोई फ़ोन-वोन नहीं लूंगा।" मुख्यमंत्री झुंझलाते हुए बोले।

"सर, कई बार फ़ोन कर चुका है, बात कर लें।" पी.ए. ने विनती करते हुए मुख्यमंत्री को फ़ोन थमाया।

"बोलो, क्या है?" मुख्यमंत्री ने झल्लाकर फ़ोन पर पूछा।

"सर, मैं रंजीत हूँ। आप 'साइबर सुपारी' के शिकार हुए हैं। मैं उन लोगों को बेनकाब कर दूंगा जिन्होंने आपके खिलाफ़ इतना बड़ा षड्यंत्र रचा है।" उधर से रंजीत ने फ़ोन पर कहा।

"तुम अब क्या कर लोगे? अब तो सब खत्म हो गया। चौतरफ़ा

मेरे और मेरी सरकार के खिलाफ़ विद्रोह हो गया है।” मुख्यमंत्री ने खीज भरी आवाज़ में कहा।

“सर...सर... प्लीज़, फ़ोन मत काटिएगा। मुझे मालूम है, आप टेन्शन में हैं, लेकिन आप मुझे मिलने का समय अभी और आज ही दें। हो सकता है इस साज़िश की सेज उलट जाए।” रंजीत गिड़गिड़ाते हुए बोला।

“देखो भैया, तुम जो भी हो, मेरा दिमाग और मत खराब करो।” कह कर मुख्यमंत्री ने फ़ोन काट दिया।

“क्या हुआ सर, कौन है? क्या चाहता है?” सामने बैठे डी.जी.पी. ने पूछा।

“कुछ नहीं, कोई रंजीत है। कहता है, मेरे खिलाफ़ साइबर सुपारी का खेल हुआ है। वो इस साज़िश की सेज पलट सकता है।” मुख्यमंत्री ने डी.जी.पी. को बताया।

“मैं बात करता हूँ। देखता हूँ, क्या है? कभी-कभी ऐसे लोग काम के होते हैं।” डी.जी.पी. मुख्यमंत्री से बोले।

“देखो, जिस नम्बर से फ़ोन आया था, उस पर मिला कर हमारी बात कराओ।” डी.जी.पी. ने मुख्यमंत्री के पी.ए. से कहा।

मुख्यमंत्री के पी.ए. ने रंजीत को फ़ोन मिला कर डी.जी.पी. को थमा दिया।

“हाँ बोलो, क्या है? मैं सूबे का डी.जी.पी. बोल रहा हूँ।”

“सर, वक्त बहुत कम है, फ़ोन पर सारी बात नहीं हो सकती। हम मिलकर बात करना चाहते हैं, प्लीज़।” उधर से रंजीत बोला।

“ठीक है। तुम अभी पुलिस हेड क्वार्टर, मेरे ऑफिस पहुँचो। मैं आधे घण्टे में पहुंच जाऊँगा। हमारा इन्तज़ार करना।” डी.जी.पी. ने रंजीत से कहा।

“सर, डूबते को कभी-कभी तिनके का सहारा भी बचा लेता है।” डी.जी.पी. ने मुख्यमंत्री को ढांढस देते हुए कहा।

“देखो भैया, ऐसे वक्त में ये साज़िश की गई है। जिसे ठीक करना भी नामुमकिन है।” मुख्यमंत्री निराशा भरी आवाज़ में बोले।

"मुख्यमंत्री जी, मुझे तो इसमें उन माफ़ियाओं का हाथ साफ़ दिखाई दे रहा है, जिन्हें हमने दबा-कुचला रखा था।" एक मंत्री बोला।

"जनाब, हमें कुछ तो करना चाहिए। हाथ पर हाथ रखकर नहीं बैठ सकते।" वहाँ मौजूद एक नेता खिसिया कर बोला।

"क्या करें? तुम ही लोग बताओ। क्या जनता अब हमारी कुछ सुनेगी?" मुख्यमंत्री बोले।

"सर, मैं पुलिस हेड क्वार्टर जा रहा हूं। अगर कुछ सम्भव हुआ तो लौट कर आगे की रणनीति बताता हूं।" डी.जी.पी. मुख्यमंत्री को हाथ जोड़ते हुए उठकर चले गये।

रंजीत पुलिस हेड क्वार्टर पहुँच चुका है। कुछ ही देर में डी.जी.पी. भी वहाँ पहुँच गये। रंजीत को अन्दर कमरे में बुलाया।

"हाँ बोलो, लेकिन कोई काम की बात हो तो फ़ौरन बताना। इधर-उधर की गप्प मत करना।" डी.जी.पी. रंजीत की तरफ़ देखते हुए कड़ाई से बोले।

"सर, मुख्यमंत्री के खिलाफ़ जो वीडियो वायरल है, जिसे विपक्षी गठबन्धन ने रैली में दिखाया था, वह फ़ेक और फ़र्जी तो है ही साथ ही बहुत बड़ी साज़िश का हिस्सा है।" रंजीत बोला।

"तो क्या करना है? कौन-सा रामबाण है तुम्हारे पास, कि जिस झूठ को जनता सच समझकर सरकार-मुख्यमंत्री के खिलाफ़ विद्रोह कर चुकी है, उसे इतनी जल्दी पलट दिया जाये। जनता ने गलत को सही मान लिया है और कुछ ही घण्टों में चुनाव में भी जनता इसी गलत को सही मान कर अपना फ़ैसला भी कर देगी।" डी. जी.पी. रंजीत की बात पर अविश्वास दिखाते हुए बोले।

"नहीं सर, अभी भी हमारे पास वक्त है। गलत का गला घोंट कर जनता को सच का सामना कराया जा सकता है। बस बिना समय गंवाए हमें इन साज़िशों के सूरमाओं पर सर्जिकल स्ट्राइक करनी होगी।" रंजीत डी.जी.पी. से बोला।

"लेकिन तुम्हारा इसमें क्या फायदा है? ना तुम सत्ता पार्टी के

नेता हो, ना मुख्यमंत्री के रिश्तेदार।" डी.जी.पी. ने शक भरी आवाज़ में पूछा।

"सर, मेरा बहुत बड़ा फायदा है। मैं भी इस साज़िश का शिकार हुआ हूँ। वो कभी बाद में बताऊँगा। अभी हमें आगे का ऐक्शन फ़ौरन करना चाहिए।" रंजीत हाथ जोड़कर डी.जी.पी. से बोला।

"सर, जिस साइबर कम्पनी ने विपक्षी गठबन्धन से 'साइबर सुपारी' लेकर इस खेल को किया है, यह कम्पनी हैदराबाद में स्थापित है। हमें फ़ौरन हैदराबाद पुलिस और साइबर क्राइम डिपार्टमेंट की मदद लेकर इस कम्पनी को सील कर उनके मालिक सुनील रेड्डी और ज़फर शेख को गिरफ्तार करना होगा। लेकिन आज रात ही।" रंजीत ने एक सांस में डी.जी.पी. से यह बात कही।

"आज रात, अभी, क्या बोल रहे हो? ये ऑपरेशन हमारे प्रदेश में नहीं दूसरे स्टेट में करना होगा। क...क...कैसे सम्भव है?" डी.जी.पी. चिन्तित स्वर में बोले।

"सर, वो सब ठीक है। पर हमारे पास वक्त भी तो नहीं है। जो कुछ भी करना है, हमें कल तक ही करना होगा।" रंजीत विश्वास के साथ बोला।

डी.जी.पी. प्रदेश का एक ईमानदार और प्रभावशाली अफ़सर है। मुख्यमंत्री की ईमानदारी और परिश्रम से प्रभावित रहता है। वो भी चाहता है, कि अगर कोई भी सम्भावना हो सके तो मुख्यमंत्री को बचा लिया जाए और इस साज़िश के पीछे के दिमागों को कड़ी सज़ा दिलाई जाए। हांलाकि रंजीत की बातों पर उसे पूरा यकीन नहीं है, पर ऐसे हालात में अंधेरे में तीर चलाने के अलावा कोई और रास्ता भी नहीं सूझ रहा है। हो सकता है उसकी ही कही बात कि 'डूबते को तिनके का सहारा' सच साबित हो। इसी उम्मीद में वो रंजीत के सुझाव पर आगे की कार्यवाही करता है।

"ओके! ठीक है, कुछ करता हूँ।" कहकर डी.जी.पी. ने फ़ौरन कुछ अधिकारियों को काम पर लगा दिया, क्योंकि आधी रात हो रही थी, कई अधिकारी सम्पर्क में नहीं आ पा रहे थे। डी.जी.पी.

ने पूरे ऑपरेशन की कमान खुद अपने हाथों में ले ली। उन्होंने स्वयं हैदराबाद के डी.जी.पी. से सम्पर्क कर पूरी घटना बताई और हैदराबाद पुलिस से मदद माँगी।

डी.जी.पी. के साथ यहाँ की पुलिस टीम रात में ही प्रदेश सरकार के विशेष विमान से हैदराबाद के लिए रवाना हो गई और सुबह पाँच बजे वहां पहुँची। पुलिस टीम हैदराबाद पुलिस अधिकारियों के साथ मिलकर बिना समय गंवाए सुनील रेड्डी-ज़फर शेख के साइबर ऑफिस पहुँच गई थी। एक दो प्राइवेट गार्ड के अतिरिक्त ऑफिस में कोई नहीं था।

साइबर ऑफिस सील कर पुलिस टीम सीधे सुनील रेड्डी के आलीशान बंगले पर सुबह छह बजे पहुँच गई, बंगले पर सन्नाटा था। वहां भी गेट पर गार्ड ही खड़े मिले। पुलिस अधिकारी ने कड़ी आवाज़ में एक गार्ड से पूछा।

"तेरा मालिक कहां है?"

"साहब तो सो रहे हैं, अभी।" गार्ड ने पुलिस को सलाम करते हुए जवाब दिया।

"चल, उसका कमरा दिखा, कहाँ सो रहा है?" पुलिस अधिकारी ने गार्ड से कहा।

"साहब का कमरा तो ऊपर है। पर हमें ऊपर जाने की इजाज़त नहीं है। हमारी ड्यूटी तो गेट पर है।" गार्ड ने पुलिस अधिकारी को हाथ जोड़ते हुए बताया।

"चलो हमारे साथ। ऊपर उसका कमरा दिखाकर नीचे अपनी ड्यूटी पर आ जाओ, समझे।" एक पुलिस वाले ने गार्ड का हाथ पकड़कर ऊपर ले जाते हुए कहा।

पुलिस टीम सुनील रेड्डी के कमरे के सामने पहुँच चुकी थी। कमरा बन्द था, अन्दर से हल्की रोशनी आ रही थी। पर सन्नाटा था।

पुलिस ने कमरे का दरवाज़ा खटखटाया, काफ़ी देर बाद अन्दर से आवाज़ आई।

"कौन है? चाय बाद में लाना।" किसी लड़की की आवाज़ थी।

"मैडम खोलो तो, साहब के लिए कुछ ज़रूरी संदेश है।" बाहर खड़ा हैदराबाद का पुलिस अधिकारी बोला।

गाउन पहने रेखा ने दरवाज़ा खोला, सामने पुलिस को देखकर वापस जाने की कोशिश करने लगी, पुलिस टीम के साथ आई दो महिला पुलिस अधिकारियों ने रेखा को रोका, तब तक सुनील रेड्डी भी अपने बिस्तर से चौंकता हुआ उठ चुका था।

अचानक पुलिस को देखकर घबरा गया था। रेखा को महिला पुलिस द्वारा पकड़े देख सुनील रेड्डी की सिट्टी-बिट्टी गुल हो गई थी।

सुनील रेड्डी भी अपने बिस्तर से उठकर पिछले दरवाज़े की तरफ़ जाने की कोशिश करने लगा।

"मिस्टर सुनील रेड्डी, इधर-उधर भागने की कोशिश मत करो। तुम्हें इसी वक़्त, इसी हाल में हमारे साथ चलना होगा।" पुलिस अधिकारी ने सुनील रेड्डी से कड़े लहजे में कहा।

"क्यों, क्या साहब, कपड़े तो पहन लूं, क्या हो गया?" सुनील हकलाते हुए पुलिस अधिकारी से बोला।

"कब, क्यों, कहाँ की कहानी पुलिस स्टेशन चल कर बताते हैं। हाँ, जंघिया उतार कर पैंट पहन लें और हाँ लड़की से भी कह दो कोई और ढंग का कपड़ा पहन ले।" सुनील रेड्डी और रेखा के कपड़े चेन्ज करने के बाद पुलिस के लोग सुनील रेड्डी और रेखा को हाथ पकड़कर नीचे खड़ी पुलिस की गाड़ी पर बैठा कर पुलिस हेड क्वार्टर ले गये।

वहाँ पहले से बैठे डी.जी.पी. ने सुनील रेड्डी को देखते हुए कहा, "आइए मिस्टर नटवर लाल, तेरे साथी ज़फर शेख और सुभाष कहाँ हैं?"

"वो तो इंडिया में नहीं हैं।" सुनील ने हकलाते हुए जवाब दिया।

"रेखा और सुभाष दो दिन पहले ही दुबई से फ़ेक फिल्म लेकर आ गये हैं और रेखा तेरे साथ सो रही थी, ज़फर, रेखा और सुभाष

कल रात डिस्को में मस्ती कर रहे थे, मेरे पास तुम लोगों की पूरी जन्मपत्री है, समझे?"

स्थानीय पुलिस अधिकारी रोबीले स्वर में सुनील से बोला।

"सर, मुझे पता नहीं, अभी कहां हैं।" सुनील गिड़गिड़ाता हुआ बोला।

"अभी तू सब बताएगा साले, ब्लैकमेलर, फ्रॉड, नटवर लाल।" डी.जी.पी. ने एक थप्पड़ सुनील को जड़ते हुए कहा।

डी.जी.पी. सामने बैठे पुलिस इंस्पेक्टर से बोले, "इसका लेखा-जोखा तैयार करो। इसके हलक, पेट से या जहाँ से चाहो, सब कुछ निकलवा लो।" इंस्पेक्टर डी.जी.पी. का आदेश सुनते ही एक अलग कमरे में चला गया। उसने पुलिस के सिपाहियों को इशारा किया कि सुनील और रेखा को उसके कमरे में लेकर आएँ।

पुलिस सुनील और रेखा को इंस्पेक्टर के कमरे में ले आयी। सामने इन्काउन्टर स्पेशलिस्ट इंस्पेक्टर को देख सुनील कांपने लगा।

"आओ हीरो, आओ। तू अभी ज़िन्दा है साले, मैं तो समझा।" कहता हुआ इंस्पेक्टर, सुनील के पास खड़ा होकर बोला, "मुझे तो पहचान रहा है ना। याद है पाँच साल पहले, जब तू तेलुगु फिल्म ऐक्ट्रेस को ब्लैकमेल कर रहा था, तो तेरा क्या हाल किया था मैंने।"

"साले गली के गुन्डे से ग्लोबल गैम्बलर बन गया है। देख, समय न तेरे पास है, ना मेरे पास। तेरी ज़िन्दगी को ठिकाने लगा सकता हूँ, तू जानता है। मेरा एक ही फार्मूला है, आर या पार।" इंस्पेक्टर अपनी पिस्तौल निकाल कर सुनील की कनपटी पर लगाता हुआ बोला।

"साहब-साहब! माफ़ कीजिए। मैं नहीं जानता ज़फर-सुभाष कहाँ हैं।" सुनील डरी हुई आवाज़ में गिड़गिड़ाता हुआ बोला।

इंस्पेक्टर ने सुनील को पैरों पर आठ-दस ज़ोरदार डंडे मारे। रेखा सहमी हुई सब देख रही थी।

"ओय, ब्लैकमेलर की ब्लैक ब्यूटी, अपने यार को समझा।

क्यों इतनी जल्दी अपनी ज़िन्दगी से तंग आ गया है? देख, अगर ये फ़ौरन सब कुछ नहीं बताता तो इसका ऐसा हाल करूंगा, कि दुबारा तेरे पास ना लेटने लायक रहेगा ना लौटने लायक।" इंस्पेक्टर कड़ी आवाज़ में बोला।

इंस्पेक्टर ने बाहर खड़ी महिला पुलिस को बुलाकर रेखा को दूसरे लॉकअप में भेज दिया और चार हट्टे-कट्टे सिपाहियों को अन्दर बुलाकर बोला।

"उतार साले के सारे कपड़े।"

चारों पुलिस वाले सुनील रेड्डी का हाथ-पैर बांधकर कपड़े उतारने लगे।

"साहब... स... स... साहब! बताता हूँ, मुझे जगह नहीं मालूम, पर म... म... मैं... फ़ोन करके बुला सकता हूं।" सुनील सहमी हुई आवाज़ में बोला।

"कहां है तेरा मोबाइल?" इंस्पेक्टर बोला।

"रेखा के बैग में होगा।" सुनील बोला।

"इसकी ब्लैकमेलिंग कम्पनी की बिल्लो को अन्दर लेकर आओ।" इंस्पेक्टर सिपाही को इशारा करते हुए बोला।

रेखा के अन्दर आते ही, इंस्पेक्टर बोला, "देख तेरे बैग में इसका मोबाइल है, निकाल।"

"नहीं सर, मेरे पास नहीं है।" रेखा सहमी हुई बोली।

"ओह! तू भी।" इंस्पेक्टर आंख तरेरते हुए रेखा से बोला।

"सच कह रही हूँ सर, शायद मोबाइल सुनील की पैंट के पीछे की जेब में होगा।" रेखा सामने पड़ी पैंट की तरफ़ इशारा करते हुए बोली।

"ओह! बड़ा गहरा याराना लगता है, सुनील का कहाँ, क्या है? तुझे सब मालूम है, हम निवाला, हम प्याला तो है ही, हम बिस्तर भी है तू। कमाल की ट्यूनिंग है तुम लोगों की।" इंस्पेक्टर कटाक्ष करते हुए बोला।

"देखो इसकी पैंट।" इंस्पेक्टर सिपाहियों से बोला।

एक सिपाही ने सामने पड़ी सुनील की पैंट की जेब से मोबाइल निकालकर इंस्पेक्टर के हाथ में दिया।

"तुम अपने दोनों साथियों को फ़ोन मिलाओ, हैलो! हाय! करो, बस।" इंस्पेक्टर, सुनील से बोला।

"सर, मेरा हाथ तो खुलवा दें। कैसे फ़ोन मिलाऊँगा? कैसे बात करूँगा?" सुनील इंस्पेक्टर से बोला।

"तेरी ब्लैक बिल्लो मिला देगी। तू मुँह से बात करेगा या हाथ से?" इंस्पेक्टर डांटता हुआ बोला।

"साहब! इसका हाथ खोल दीजिए ना। तभी ठीक से बात कर पाएगा।" रेखा इंस्पेक्टर से हाथ जोड़ते हुए बोली।

"हाँ! हाँ! तुझे तो सब मालूम है, कि कब, कैसे ये क्या-क्या कर सकता है?" इंस्पेक्टर ने रेखा से कहते हुए सामने खड़े सिपाही से कहा, "इसका हाथ खोल दो।"

इंस्पेक्टर ने सुनील के हाथ में मोबाइल देते हुए कहा, "फ़ोन मिलाओ और बात करो।"

"क्... क... क्या... बोलू, साहब?" सुनील हकलाते हुए बोला।

"सुन, एकदम सामान्य तरीके से बात करना। ये हकलाना-वकलाना नहीं चलेगा और सिर्फ़ नमस्ते, गुड मॉर्निंग, सलाम दुआ करनी है। हाँ, बात कम-से-कम एक मिनट तक चलनी चाहिए।" इंस्पेक्टर सुनील को आदेश देता हुआ बोला।

सुनील ने ज़फर शेख को फ़ोन मिलाया।

"हैलो! ज़फर गुड मॉर्निंग।"

"अरे सुनील, इतनी सुबह-सुबह, सब ठीक तो है ना?" उधर से ज़फर शेख ने जवाब दिया।

"कुछ नहीं यार कल रात ज़्यादा हो गई थी, नींद ही नहीं आई, सो सोचा, सुबह-सुबह तुमसे बात ही कर लें।" सुनील ने जवाब दिया।

"नींद कैसे आयेगी? इतनी बड़ी कामयाबी के बाद। कल से तो उसके पूरे सूबे में हाहाकार मचा है। गया साला काम से।" ज़फर उधर से बोला।

“चलो आराम से तैयार होकर आना, ऑफिस में मिलते हैं।” सुनील ने कह कर फ़ोन बन्द कर दिया।

“सर! लेकिन अभी भी नहीं पता चला कि वो कहाँ है?” सुनील ने इंस्पेक्टर से कहा।

“साले, हम तेरे बाप हैं। तू चीट है तो हम भी ढीठ हैं, तेरा फ़ोन भी रिकॉर्ड हो रहा था और वो कहाँ है, ट्रेस हो चुका है। दस मिनट में वो तेरे सामने होगा।” इंस्पेक्टर, सुनील को हड़काते हुए बोला।

“अब सुभाष से बात कर, तू नहीं रेखा से करा।” इंस्पेक्टर बोला।

रेखा ने सुभाष को फ़ोन मिलाया।

“हैलो सुभाष! गुड मॉर्निंग।” रेखा बोली।

“गुड मॉर्निंग! अरे! इतनी सुबह, सुनील उठ गये क्या?” उधर से सुभाष बोला।

“नहीं, नहीं, वो तो सो रहे हैं।” रेखा ने इधर से जवाब दिया।

“बोलो, क्या है? कितने बजे ऑफिस पहुँच रही हो?” उधर से सुभाष ने पूछा।

इंस्पेक्टर ने रेखा को फ़ोन डिस्कनेक्ट करने का इशारा किया।

“मैं बाद में बात करती हूं, शायद! सुनील जी उठ गये हैं।” कहकर रेखा ने फ़ोन डिस्कनेक्ट कर दिया।

सुभाष का भी लोकेशन पुलिस ने पता कर लिया था।

पुलिस पन्द्रह बीस मिनट के अन्दर ही दोनों को बांधकर पुलिस हेड क्वार्टर ले आयी।

सुनील, ज़फर, सुभाष से अलग-अलग कमरों में थर्ड डिग्री के जरिए, पूरी साज़िश उगलवा ली गई। सुपारी देने वाले, विपक्षी गठबन्धन के नेता- राधेश्याम, जो कि जनता को-ऑपरेटिव बैंक का चेयरमैन भी है, उसका भी पता लगा लिया था।

इन सबका कबूलनामा वीडियो में रिकॉर्ड कर लिया गया था।

डी.जी.पी., हैदराबाद पुलिस के साथ आवश्यक विभागीय एवं

कागज़ी कार्यवाही पूरी कर हैदराबाद पुलिस के सहयोग के लिए स्थानीय अधिकारियों को धन्यवाद कह कर इन चारों को उसी स्पेशल फ़्लाइट से वापस लेकर आ गये। इन्हें सख्त पहरे में लॉकअप में रखा गया।

डी.जी.पी. इस ज़बरदस्त कामयाबी के बाद सीधे मुख्यमंत्री निवास पहुँचे।

"सर, बहुत बड़ी कामयाबी मिली है। इन साज़िशों के सूरमाओं और सुपारी देने वालों का पता चल गया है।" डी.जी.पी. ने मुख्यमंत्री को खुशी के साथ बताया।

"लेकिन आज तो सभी अखबार भरे पड़े हैं, हमारी बदनामी के किस्सों से।" मुख्यमंत्री अखबार हाथ में लेकर दिखाते हुए बोले।

"फ़िक्र मत करिए, कल की सुबह आप के लिए सुहानी और विपक्षी गठबन्धन के लिए डरावनी होगी।" डी.जी.पी. ने पूरे आत्मविश्वास से कहा।

रंजीत जो कि मुख्यमंत्री के साथ ही बैठा था, उसकी तरफ़ देखते हुए डी.जी.पी. बोला।

"रंजीत, शुक्रिया। अगर आप हमें प्रोत्साहित न करते तो हम भी हथियार डालकर बैठ गये होते।"

"सर, आपने इस साइबर सुपारी के गोरखधंधो की जड़ पर हमला किया है। यह केवल मेरे प्रदेश पर ही नहीं, बल्कि देश पर बहुत बड़ा एहसान है।" रंजीत शुक्रिया के अन्दाज़ में बोला।

"अरे हाँ! तुम्हारा क्या किस्सा है?" मुख्यमंत्री ने रंजीत से उसके भी इन लोगों के जाल में फंसने के बारे में पूछा।

"सर, अभी दस बज रहे हैं। सबसे पहले हमें प्रेस कांफ्रेन्स बुलाकर, इनके कबूलनामे का वीडियो दिखाना चाहिए, उसके बाद इन चारों को भी प्रेस कांफ्रेन्स में पेश कर उनसे बयान दिलवाना चाहिए। हम अपना किस्सा आपको बाद में बताते हैं।" रंजीत बोला।

"चारों नहीं, छह हैं। पांचवा राधेश्याम और छठा उसका लड़का, वो भी गिरफ्तार कर लिया गया है। इसी ने सुनील रेड्डी को साइबर

सुपारी दी थी।" डी.जी.पी. ने मूंछों पर ताव देते हुए बताया।

"हमें बिना समय गंवाए प्रेस कांफ्रेन्स की तैयारी करनी चाहिए।" रंजीत ने मुख्यमंत्री से कहा।

मुख्यमंत्री ने अपने एक मंत्री को फ़ोन कर अर्जेन्ट प्रेस कांफ्रेन्स बुलाने की हिदायत देते हुए कहा, "आज ही दो बजे मुख्यमंत्री निवास में प्रेस कांफ्रेन्स की व्यवस्था कीजिए।"

"साहेब! बहुत नाजुक समय है, हमारी बुरी तरह छीछा-लेदर हो चुकी है। अब और हमें प्रेस-ब्रेस के चक्कर में नहीं पड़ना चाहिए। चुपचाप बैठकर इस बुरे समय के गुजरने का इन्तज़ार करना चाहिए।" मंत्री ने मुख्यमंत्री को सलाह देने के अन्दाज़ में उधर से जवाब दिया।

इधर मुख्यमंत्री ने मुख्यमंत्री कार्यालय, प्रदेश के जनसम्पर्क विभाग आदि से अपनी आवश्यक प्रेस कांफ्रेन्स की सूचना चारों तरफ़ भिजवा दी थी। स्थानीय समाचार चैनलों में भी मुख्यमंत्री की प्रेस कांफ्रेन्स होने वाली है, इसकी ब्रेकिंग न्यूज़ चलने लगी थी। अलग-अलग चैनलों पर होने वाली प्रेस कांफ्रेन्स का अनुमान लगाते हुए उनके चैनल के एंकर बोल रहे थे। कोई कह रहा था, "बुरी तरह फंसे मुख्यमंत्री इस्तीफ़ा देंगे।" तो कोई कह रहा था, "मुख्यमंत्री माफ़ी मांग कर चुनाव से हट जायेंगे।" अलग-अलग न्यूज़ चैनल अलग-अलग राग अलाप रहे थे।

दो बजे मुख्यमंत्री की प्रेस कांफ्रेन्स की सूचना आग की तरह फैल गई। प्रिन्ट और इलेक्ट्रॉनिक मीडिया के लोग एक बजे से ही मुख्यमंत्री निवास पहुँचने लगे थे। मुख्यमंत्री निवास की सड़क पर ओ.बी. वैनों का जमावड़ा था। उधर विपक्षी गठबन्धन में भी प्रेस कांफ्रेन्स की जानकारी मिलते ही बेचैनी और उत्सुकता बढ़ गई थी।

"सुना है, मुख्यमंत्री प्रेस कांफ्रेन्स कर रहा है।" विपक्षी गठबन्धन के एक नेता ने दूसरे से चुटकी लेते हुए कहा।

"हां! शायद इस्तीफ़ा देगा, माफ़ी मांगेगा। देख नहीं रहे हो टी.वी. पर आ रहा है।" दूसरे नेता ने कहा।

“अरे! इस्तीफ़ा दे, न दे, एक हफ़्ते में तो विदाई हो ही रही है। विदाई भी और जेल भी दोनों।” दूसरे नेता ने हंसते हुए कहा।

विपक्षी गठबन्धन के लोग, सरकार और मुख्यमंत्री के खिलाफ़ उमड़े गुस्से और नफ़रत के चलते पूरी तरह संतुष्ट थे कि उनकी सरकार बनना तय है और सत्ता पार्टी का सूपड़ा साफ़ होगा।

उधर मुख्यमंत्री निवास पर प्रेस कांफ्रेन्स शुरू हो चुकी थी। मीडिया के लोगों से हॉल खचाखच भरा है। मुख्यमंत्री आ चुके हैं, उनके साथ केवल एक मंत्री और एक नेता मंच पर हैं। उनकी पार्टी का और कोई नेता या मंत्री, मुख्यमंत्री के बुलाने पर भी नहीं आया था।

मुख्यमंत्री की पार्टी के सभी नेता मान चुके थे, कि सरकार तो जा ही रही है। मुख्यमंत्री खुद भी चुनाव हारने वाले हैं, इनकी पार्टी के कई नेता तो विपक्षी गठबन्धन से टांके फिट करने में भी लग गये थे।

प्रेस कांफ्रेन्स के शुरुआत में मीडिया को संबोधित करते हुए मुख्यमंत्री बोले,

“मीडिया के मित्रों! कल से मेरी–मेरी सरकार की बखिया उधेड़ी जा रही है। इसमें आपका कोई दोष नहीं। आपको जो परोसा गया उसके चटकारे लेकर आप भी लोगों को परोस रहे हैं।”

“अभी भी कुछ बचा है क्या मुख्यमंत्री जी? आपने तो बेईमानी को भी शर्मिन्दा कर दिया है।” बीच में ही एक पत्रकार ने चीखते हुए कहा।

“भैया! इतना गुस्सा क्यों कर रहे हो? मेरी बात पूरी होने दो, फिर जो सवाल करोगे, उसका हम भरपूर जवाब देंगे।” मुख्यमंत्री ने समझाते हुए कहा।

“अरे, सी.एम. साहब! इस्तीफ़ा दो और रफू चक्कर हो। यह प्रदेश अब आपके पाप का बोझ और नहीं सह सकता।” एक महिला पत्रकार ने खड़े होकर मुख्यमंत्री से हाथ जोड़ते हुए कहा।

मुख्यमंत्री ने भी हाथ जोड़ते हुए महिला पत्रकार को इशारा करते हुए कहा, "आप लोगों की अनुमति हो तो अपनी बात आगे बढ़ाऊं।"

"बोलिये, बोलिये।" वहाँ मौजूद कई पत्रकार एक साथ बोले।

"पत्रकार भाइयों-बहनों! मैं चाहता तो इस झूठे-फ्रॉड वीडियो का जवाब वीडियो से दे सकता था, लेकिन हम आपको लाइव जीता-जागता प्रमाण और इस अफ़साने की हकीकत दिखाना चाहते हैं। वो भी उन गुनहगारों की अपनी जुबानी। इस गुनाह की गवाही और कहानी आपके सामने रखना चाहते हैं। साइबर सुपारी किसने दी-किसने अन्जाम दिया? आपके सामने दूध का दूध पानी का पानी हो जायेगा।"

मुख्यमंत्री ने कहते हुए सुनील रेड्डी की तरफ़ माइक बढ़ा दिया।

"मैं सुनील रेड्डी हूँ। एक साइबर कम्पनी चलाता हूं। हमारी कम्पनी फ़ेक न्यूज़, साइबर क्राइम और लोगों को बदनाम करने की सुपारी लेती है। यही नहीं, देश में साम्प्रदायिक उन्माद-नफ़रत फैले, इसकी फ़ेक कहानी में हम माहिर हैं।" मीडिया के लोगों से खचाखच भरे हॉल में सन्नाटा छा गया था।

"मैंने कॉरपोरेट, इससे जुड़े लोगों, फिल्म इन्डस्ट्री के लोगों के खिलाफ़ अभी तक हज़ारों ऐसे वीडियो वायरल किये हैं।"

सुनील प्रेस के लोगों को सम्बोधित करते हुए बोल रहा है। अधिकांश टी.वी. चैनल इस प्रेस कांफ्रेन्स का सीधा प्रसारण कर रहे थे। लोग दुकानों, मकानों पर इस चर्चित प्रेस कांफ्रेन्स को उत्सुकता के साथ देख-सुन रहे थे।

"मुझे विपक्षी गठबन्धन के नेता श्री राधेश्याम जी ने मुख्यमंत्री की ईमानदार छवि पर बदनामी का बट्टा लगाने के लिए 50 करोड़ की सुपारी दी थी।"

"अब ये मुख्यमंत्री कोई कहानी लाया है।" एक पत्रकार बीच में बोला।

"तुम्हारे पास क्या सुबूत है कि यह फ़ेक वीडियो, विपक्षी

गठबन्धन की सुपारी पर तुमने बनाया?" महिला पत्रकार बोली।

"मैडम! सबूत भी दूंगा, गवाह भी दूंगा, इन्तज़ार करिए। अभी तो मुख्य मुल्ज़िम का कबूलनामा सुनिए और कॉन्स्पिरेसि की काबिलियत देखिए।" सुनील बोला।

"आगे की सच्चाई बताने से पहले मैं एक बात साफ़ कर देना चाहता हूँ, मैं अपने को साइबर क्राइम का किंग समझता हूं। लेकिन मुख्यमंत्री जी के खिलाफ़ इस साज़िश का हिस्सा बनकर मैं चैन से नहीं सो पाया, क्योंकि मैं जितना गुनाह कर रहा हूँ, ज़्यादातर नेता भी इसी तरह के गुनाह में डूबे हुए हैं। इनमें से अगर कोई नेता अपने दामन को पाक-साफ़ कर लोगों की सेवा कर रहा हो, उसे भी गुनहगारों के गैंग का हिस्सा बना दिया जाए, यह महापाप है। हालांकि मुझे पुलिस ने गिरफ्तार किया, लेकिन मेरे जैसे शातिर अपराधी को इतनी आसानी से पुलिस पकड़ पाये, थोड़ा मुश्किल काम है। मैं खुद चाहता था, कि इसका पर्दाफाश करूं। हाँ, पुलिस अगर हमें समय पर गिरफ्तार नहीं करती तो मुझे मालूम था, कि कल-परसों तक प्रदेश का तख्ता पलट हो चुका होता। मैं चाहते हुए भी अपनी आत्मा पर बोझ लिए घूमता-फिरता, कोई मेरी बात सुनने वाला नहीं होता, कल रात भर मैं और रेखा सिर्फ़ यही बात कर रहे थे, कि हमें इसका भंडाफोड़ करना चाहिए। चाहे इसकी हमें जो भी सज़ा मिले और सुबह-सुबह अपने दरवाज़े पर पुलिस को देखकर, अन्दर से हम इतना खुश हुए जैसे भगवान हमारे सामने खड़े होकर मुंह मांगी मुराद पूरी कर रहे हों। फिर भी हमने पुलिस को ज़ाहिर नहीं होने दिया। पुलिस अपनी तरह से अपना काम करती रही और हम अपनी आत्मा के बोझ को उतारने की जुगत।"

अपनी बात कह कर सुनील रेड्डी माइक ज़फर शेख की तरफ़ बढ़ाते हुए बोला।

"मेरे साथ बैठा ज़फर शेख है। मेरे गुनाहों के गैंग का गोलू गवाह।"

"अब इस काम के लिए कितने की सुपारी मिली है? जब हर

काम सुपारी पर करते हो तो, इसकी क्या गारन्टी कि यहाँ भी उसी रोल को नहीं निभा रहे हो?" एक पत्रकार बीच में कड़ा कटाक्ष करता हुआ बोला।

सभी पत्रकारों ने एक स्वर से ऐसे सवाल कर रहे पत्रकारों को चुप कराया।

"मैं ज़फर शेख हूं। उस साइबर कम्पनी का पार्टनर, जिसके इस गड़बड़ झालो ने पूरे प्रदेश में हाहाकार मचा दिया है। अब मैं इस पूरे प्रकरण और कहानी के प्रमुख किरदारों को आपके सामने पेश करता हूँ।" ज़फर ने रेखा और सुभाष को आगे आने का इशारा करते हुए कहा।

रेखा और सुभाष को देखकर पत्रकारों में सुगबुगाहट शुरू हो गई।

"अरे! ये तो वही है, जो मुख्यमंत्री से सौदा कर रही थी।" एक पत्रकार बोला।

"ओह! वो लड़का भी वही है।" दूसरा पत्रकार अपने मुंह में उंगली दबाते हुए बोला।

"मैं रेखा हूं। सुनील एवं ज़फर सर की साइबर कम्पनी में काम करती हूँ। मैं चाहती हूँ सच्चाई क्या है, वह आपको बताऊँ। मैं और सुभाष एक विदेशी अखबार के पत्रकार बनकर मुख्यमंत्री जी के पास गये थे। मुख्यमंत्री जी की सरलता, ईमानदारी के चर्चे हम सब ने सुन रखे थे। इसी ईमानदारी की छवि को ध्वस्त करना हमारे प्रोजेक्ट का हिस्सा था।" रेखा ने प्रभावशाली तरीके से अपनी बात रखी। पत्रकार भी उसकी बात से कुछ हद तक संतुष्ट दिख रहे थे।

"हमने और सुभाष ने मुख्यमंत्री जी से फ़ेक नोटों के धंधे की शिकायत करते हुए उनको नोटों की गड्डियां दिखाई। जिसे हमने चालाकी और साइबर ठगी की टेक्नोलॉजी के सहारे बेईमानी के साथ मुख्यमंत्री द्वारा रिश्वत के रूप में लेते हुए पेश किया।" रेखा ने कहा।

"रही बात आवाज़ की, सभी आवाज़ें बाद में डब की गई हैं और मुख्यमंत्री जी की आवाज़ को भी जगह-जगह तोड़-मरोड़ कर लगाया गया है।" रेखा कहते-कहते शर्मिंदगी के एहसास के साथ भावुक हो गई थी।

"हमने बहुत से ऐसे काम किये हैं। बड़ों-बड़ों को बदनाम-बर्बाद करने का प्रोजेक्ट किया है। बड़े-बड़े सेक्स स्कैण्डल बनाए हैं। पर यह पाप ऐसा था, जिसने, सुनील-ज़फर, मेरी और सुभाष की आत्मा को झकझोर दिया है। शायद इसीलिए हम इतने आत्मविश्वास के साथ आपके सामने अपने ही गुनाहों को कबूल रहे हैं।" रेखा ने आगे कहा।

"मैं जानती हूं, आप में से कई साथियों का दिल मान रहा होगा, दिमाग मानने को तैयार नहीं होगा। तो मैं आपके दिल और दिमाग को एक साथ मिलाने की कोशिश करती हूं। सुभाष तैयार हो गया है वो मटिरीयल?" रेखा ने बात खत्म कर सुभाष से पूछा।

"हाँ! टनाटन। दिखाऊं?" सुभाष बोला।

"हाँ, इन्हें ट्रेलर दिखा दो कि कैसे हम काम करते हैं।" रेखा बोली।

हॉल की लाइट हल्की की गई। मंच के साथ लगे स्क्रीन पर एक फिल्म शुरू होती है। इस फिल्म में वही महिला पत्रकार, इसी पत्रकार सम्मेलन में खड़े होकर कह रही है। "जो चाहोगे लिखूंगी, लेकिन उसका दाम चाहिए।"

उसी पत्रकार सम्मेलन में मौजूद दूसरे पत्रकार को कहते दिखाया जाता है, "अरे मुख्यमंत्री तो देवता हैं। इस साज़िश और पाप में तो हम भी भागीदार हैं।"

दरअसल पहली महिला पत्रकार ने कहा था, "अरे सी.एम. साहब इस्तीफ़ा दो और रफू चक्कर हो। यह प्रदेश अब आपके पाप का बोझ नहीं सह सकता।" जिसे बदल कर मिनटों में उसी की आवाज़ में, "जो चाहोगे लिखूंगी, लेकिन उसका दाम चाहिए।" और दूसरे पत्रकार ने कहा था कि, "अभी भी कुछ बचा है क्या

मुख्यमंत्री जी? आपने तो बेईमानी को भी शर्मिन्दा कर दिया है।"
जिसे बदलकर उसी की आवाज़ में, "अरे मुख्यमंत्री तो देवता हैं,
इस साज़िश और पाप में हम भी भागीदार हैं", में बदल दिया गया
था, मिनटों में हुए इस खेल से सभी आश्चर्यचकित थे-हतप्रत थे।

"हमारी साइबर ठगी का ऐसा ही तरीका है झूठ को सच और
सच को झूठ ऐसे बनाया जाता है और जब सोशल मीडिया पर ये
वायरल होता है तो 'जो दिखता है वही बिकता है'। कोई इसके
पीछे की साज़िश और टेक्नोलॉजी नहीं देखता, शायद इस छोटी-सी
झलक से आपका दिल-दिमाग दोनों मिलकर काम करने लगें।"
रेखा ने मुस्कुराते हुए कहा।

वहाँ बैठे वो दोनों पत्रकार जिन्होंने तीखे सवाल किये थे, सिर
झुका कर बैठ गये।

मुख्यमंत्री ने रेखा से माइक लेते हुए कहा, "चलो भाई! अच्छा
दिखा दिया इन सबको। कैसे साइबर क्राइम का जन्तर-मन्तर चलता
है। अब इस साइबर सुपारी के कर्ता-धर्ता, जिन्हें आप सब अच्छी
तरह जानते हैं, ये श्री राधेश्याम जी, विपक्षी गठबन्धन के खजांची
और जनता को-ऑपरेटिव बैंक के चेयरमैन, विपक्षी गठबन्धन की
तिजोरी और जोड़-तोड़ के मुखिया हैं।

राधेश्याम का नाम आते ही पत्रकारों में हलचल तेज़ हो गई
थी। क्योंकि हर पत्रकार जानता है, कि राधेश्याम विपक्षी गठबन्धन
के लेन-देन का केन्द्र बिन्दु है।

"अरे! ये भी, ये तो विपक्षी गठबन्धन का ट्रेजरार है, कमाल
है।" एक पत्रकार ने दांतों तले उंगली दबाते हुए कहा, थोड़ी देर
में राधेश्याम एवं उनका लड़का भी पत्रकारों के सामने आ गया।

"हाँ, मैंने ही विपक्षी गठबन्धन के निर्णय पर इस काम को
अन्जाम देने की सुपारी दी थी, 25 करोड़ भी मैंने पेशगी के तौर
पर इन लोगों को दिया है।" राधेश्याम ने पत्रकारों को बताया।

राधेश्याम के इस बयान के बाद प्रेस कांफ्रेन्स पूरी होने से पहले
ही काफ़ी पत्रकार उठकर निकलने लगे। पत्रकारों को पूरी स्टोरी

मिल चुकी थी। अपने-अपने चैनल, अखबारों की सुर्ख़ी बनाने की होड़ में पत्रकारों में भाग-दौड़ शुरू हो गई थी।

अन्त में मुख्यमंत्री ने माइक लेते हुए कहा, "हमने जल्दबाज़ी में आपको तकलीफ़ दी। आप आए आपका धन्यवाद, पत्रकार मित्रों यह सब कुछ इतनी जल्दी-बेनकाब हो जायेगा, मुझे खुद उम्मीद नहीं थी। मैं तो पहले ही हनुमान जी के चरणों में सत्ता की चाबी रखकर आ गया था। पर बजरंगबली की महिमा अपरमपार है। वो नहीं चाहते थे कि सत्ता की चाबी बेईमानों के हत्थे लगे। शायद इसीलिए असम्भव को सम्भव कर दिखाया।" कहकर मुख्यमंत्री ने पत्रकारों को हाथ जोड़कर उन्हें विदाई दी।

प्रेस कांफ्रेन्स खत्म होने के बाद मुख्यमंत्री अपने ड्राइंगरूम में पहुँचे तो, वहां रंजीत और डी.जी.पी. पहले से मौजूद थे। मुख्यमंत्री की पार्टी के नेता और मंत्री, टेलीविजन पर न्यूज़ देखकर पहुँचना शुरू हो गये थे।

"मुख्यमंत्री जी, आपने तो धमाका ही कर दिया। 24 घण्टे में पासा पलट दिया।" एक मंत्री ने मुख्यमंत्री के पैर छूते हुए कहा।

"जो जनता मुर्दाबाद कह रही थी, गाली दे रही थी। आज ज़िन्दाबाद और विपक्षी गठबन्धन को गरिया रही है।" एक नेता जो मुख्यमंत्री के प्रेस कांफ्रेन्स में आने को तैयार नहीं थे, ने मुख्यमंत्री की चाटुकारिता करते हुए कहा।

"अरे भाई! शुक्रिया तो इस महापुरुष का है, जो ना हमारी पार्टी का नेता है, ना रिश्तेदार, ना पहले से जान-पहचान वाला, जिस समय इस बुरे वक्त में आप में से ज़्यादातर लोग दुम दबाकर भाग खड़े हुए थे। कोई मेरे पास भी आने से डर रहा था, यहाँ तक कि प्रेस कांफ्रेन्स में भी एक दो को छोड़कर आप सब गायब रहे। ऐसे संकट के समय में संकटमोचन बना कर हनुमान जी ने इस नौजवान रंजीत को भेजा, यह नौजवान कोटि-कोटि धन्यवाद का हकदार है।" मुख्यमंत्री ने रंजीत को गले लगाते हुए, उसका शुक्रिया अदा किया।

"रंजीत अगर वक्त पर तुमने ये सब ना किया होता, हमारी हौसला अफ़ज़ाई न की होती, हमें राह न बताई होती, तो हम तो डूबे ही थे, पूरा प्रदेश डूब गया होता, बर्बाद हो गया होता।" मुख्यमंत्री ने रंजीत की पीठ थपथपाते हुए आगे कहा।

"नहीं, सर आप जैसे ईमानदार को बेईमान साबित करने की साज़िश को बेनकाब करना ज़रूरी था। ये प्रदेश के हित में, हमारे हित में और प्रदेश की करोड़ों जनता के हित में है।" रंजीत भावुक होकर बोला।

"बार-बार तुम कह रहे थे। तुम भी इसका शिकार हुए हो, वो क्या है? अब तो बताओ।" मुख्यमंत्री ने फिर रंजीत से पूछा।

"सर, कल चुनाव हो जाने दीजिए। आप फिर से मुख्यमंत्री बनेंगे। इस साइबर सुपारी के राष्ट्रीय-अन्तर्राष्ट्रीय रैकेट पर बड़ा ऑपरेशन करना होगा, ये ऐसा जुआ है जिसमें जीतने वाला भी बर्बाद होता है और हारने वाला भी। आप तो खुशकिस्मत हैं कि इस जुए के जाल में फंसने से पहले ही सुरक्षित निकल गये।" रंजीत ने मुख्यमंत्री का हाथ पकड़ते हुए कहा।

"ठीक है मिलकर इसका खात्मा करेंगे।" मुख्यमंत्री ने रंजीत की पीठ थपथपाते हुए कहा।

सुबह के अखबारों में विपक्षी गठबन्धन की साज़िशों की धज्जियां उड़ाते हुए समाचार छाए हुए थे। टी.वी. चैनलों में तो कल शाम से ही इस पर गर्मा-गर्म डिबेट और खबरों की भरमार थी।

विपक्षी गठबन्धन को कुछ सूझ नहीं रहा था कि आज ही होने वाले मतदान में क्या करें? चौतरफ़ा थू-थू हो रही थी। राधेश्याम के बयान ने विपक्षी गठबन्धन के रीढ़ की हड्डी तोड़ दी थी। इनके नेताओं ने सोचा भी नहीं था कि चाल इस तरह उलट जायेगी। बारह घण्टे की चांदनी जीवन भर के लिए अंधेरी रात बन जायेगी।

चुनाव के रिज़ल्ट चौंकाने वाले आते हैं। सत्ता पार्टी पहले से ज़्यादा सीटों से प्रचन्ड बहुमत के साथ जीत जाती है। विपक्षी गठबन्धन के सभी नेताओं की ज़मानत ज़ब्त हो जाती है। चुनाव

के रिज़ल्ट के साथ ही विपक्षी गठबन्धन बुरी तरह बिखर जाता है। इस साज़िश और हार के लिए एक दूसरे पर ठीकरा फोड़ने में लग जाते हैं।

दुबारा सत्ता पार्टी की सरकार बन जाती है और मुख्यमंत्री भी पुन: शपथ ले लेते हैं।

मुख्यमंत्री शपथ लेने के साथ ही बड़े स्तर पर बेईमानी, फ़ेक न्यूज़ और साइबर क्राइम के ख़िलाफ़ ऑपरेशन की योजना बनाते हैं। अन्य राज्यों एवं केन्द्र सरकार से भी, मुख्यमंत्री इस ऑपरेशन में सहयोग लेने की योजना को बना रहे हैं। वरिष्ठ पुलिस एवं प्रशासनिक अधिकारियों की हाईपावर टीम इस काम के लिए नियुक्त की जाती है।

पूरे प्रदेश ही नहीं, देश भर में सत्ता एवं विपक्ष के बीच हुई इस साइबर जंग के चर्चे हैं। साइबर सुपारी के सूरमाओं की गिरफ़्तारी और जगहों-जगहों पर इन साइबर कम्पनियों द्वारा लोगों को ब्लैक मेल करने तथा फिरौती के किस्से सुनाई पड़ रहे हैं। कई जगहों पर लोग अलग-अलग साइबर कम्पनियों के ख़िलाफ़ एफ.आई.आर. भी लिखवा रहे हैं।

10.

पुनीत के घर पर रंजीत और रहमान साथ-साथ बैठे हैं।

"रंजीत तुमने तो कमाल कर दिया। हम तो सोच भी नहीं सकते थे, इस अंधे कुएं से हम बाहर निकल भी पायेंगे।" पुनीत ने रंजीत की तारीफ करते हुए कहा।

"पुनीत सर, ये सारा प्लान रहमान का है। रहमान ने इस पूरी योजना का ब्लूप्रिन्ट तैयार किया। हमने तो बस इसे लागू करने में ज़मीन पर काम किया।" रंजीत, रहमान के कंधे पर हाथ रखते हुए बोला। तभी शालिनी की एन्ट्री होती है।

"बधाई हो रंजीत-रहमान! तुमने तो कर दिया, धमाल भी-कमाल भी।" शालिनी अन्दर आते ही रंजीत को गले लगा कर बोली।

"ये कमाल नहीं, कमाल का बाप है, शालिनी।" पुनीत, शालिनी को बैठने का इशारा करते हुए बोला।

"लेकिन पुनीत जी, एक बात जो हमें आज तक समझ में नहीं आई कि आप हमारी कम्पनी पर अपने ही जवाबी हमले से क्यों परेशान थे?" शालिनी ने उत्सुकता के साथ पुनीत से पूछा।

"शालिनी, हम परेशान नहीं, बेचैन थे। हमें महसूस हो रहा था कि हम जिस पागलपन के रास्ते पर चल पड़े हैं, उसका कोई अन्त नहीं हो सकता है। रंजीत ने अगर पहल ना की होती तो पता नहीं क्या होता? सोच कर भी रोंगटे खड़े हो जाते हैं।" पुनीत ने शालिनी को अपने दिल के दर्द का एहसास कराते हुए कहा।

"पुनीत, जिस तरह साइबर साज़िशों के ठगों का भंडाफोड़ हुआ है, उससे बहुत से लोगों को राहत और सुकून मिलेगा। उस कमीने शेखर का भी ऐसा ही।" शालिनी के मुंह से शेखर का नाम सुनते ही रहमान बीच में ही खड़ा होता हुआ बोला।

"ओह! शेखर और उसकी कम्पनी का क्या हुआ? कुछ उसकी भी खबर है?"

"यस, इस लफ़ड़े में उस शातिर कमीने को तो हम भूल ही गये।" पुनीत ने हाथ पीटते हुए कहा।

"हमें फ़ौरन उसका पता लगाना चाहिए और हाँ शालिनी, आप राजू राठी का भी पता करो कहां है?" रंजीत बोला।

शालिनी ने राजू राठी को फ़ोन मिलाया, "हैलो! राजू, कैसे हो?" शालिनी इधर से फ़ोन पर बोली।

"मैडम आप कहाँ हो? बड़ा हंगामा चल रहा है।" राजू ने उधर से हड़बड़ी में जवाब दिया।

"वो सब मुझे मालूम है, पर।" शालिनी इधर से बोली।

"नहीं मैडम, घर पर साहब जी को गिरफ्तार करने सी.बी.आई. आई हुई है।" राजू राठी घबराया हुआ बोला।

"ओह! क्यों?" शालिनी बोली।

"आप फ़ौरन आ जाओ।" राजू राठी ने फ़ोन काटते हुए कहा। शालिनी ने वहाँ मौजूद रंजीत-रहमान-पुनीत से कहा, "पता नहीं क्यों सी.बी.आई डैड को गिरफ्तार करने घर पर आई है? हमें फ़ौरन घर पर चलना चाहिए।"

रंजीत-रहमान-पुनीत, शालिनी के साथ रंगराजन के घर के लिए निकल लिये थे।

चारों रंगराजन के निवास पर पहुँच कर तेज़ी से अन्दर गये। अन्दर किसी तरह की चहल-पहल नहीं थी। राजू राठी सामने एक सोफे पर सिर पकड़े बैठा था।

"क्या हुआ राजू, डैड कहां हैं?" शालिनी ने राजू से पूछा।

"साहब को सी.बी.आई अपने साथ ले गई है। कह रही थी पूछताछ के लिए ले जा रहे हैं।" राजू राठी परेशान स्वर में बोला।

"क्यों, कुछ कारण नहीं बताया?" रंजीत ने पूछा।

"सिर्फ़ इतना पूछ रहे थे कि तुम्हारा सिंगापुर साइबर कम्पनी से क्या सम्बन्ध है? साहब ने कहा, कोई सम्बन्ध नहीं।" राजू राठी ने बताया।

"सिंगापुर साइबर कम्पनी, मतलब शेखर की कम्पनी!" पुनीत बोला।

"पता नहीं साहब, कुछ समझ में नहीं आ रहा।" राजू ने रुमाल से पसीना पोंछते हुए जवाब दिया।

इस दौरान राधा वेंकट भी रंगराजन की कोठी पर पहुँच गई थी।

"राधा! शेखर का कुछ पता है?" पुनीत ने पूछा।

"नहीं सर। मेरी कोई बात नहीं हुई। राजू राठी की हुई होगी।" राधा ने राजू की तरफ़ इशारा करते हुए कहा।

"न... न... नहीं सर। मेरी भी कोई बात इस बीच नहीं हुई है। जिस समय हैदराबाद वाले पकड़े जा रहे थे, हंगामा मचा था, तो ज़रूर उसका फ़ोन आया था। सौदे का पूछ रहा था।" राजू राठी आंखें नीची कर के जवाब दे रहा था।

"उसे फ़ोन चमिलाओ। देखो कहां है?" शालिनी ने राजू से कहा।

राजू राठी ने शेखर को दो बार फ़ोन मिलाया, लेकिन फ़ोन बन्द आ रहा था।

"शालिनी, हमें फ़ौरन सी.बी.आई. ऑफिस चलना चाहिए। मुझे तो दाल में कुछ काला लगता है। मैं डी.जी.पी. साहब से भी बात करता हूँ।" रंजीत चिन्तित होकर बोला।

सभी लोग, दो अलग-अलग गाड़ियों में सी.बी.आई. ऑफिस के लिए निकल गये थे।

सी.बी.आई. ऑफिस पहुँच कर शालिनी और रहमान अन्दर गये। उन्होंने रंगराजन के बारे में वहां बैठे एक अधिकारी से जानकारी ली।

"यहां कोई रंगराजन नहीं आया है, ना ही पिछले दो दिनों में कोई भी व्यक्ति पूछताछ के लिए लाया गया है।" उस अधिकारी ने शालिनी को रूखा-सा जवाब दिया।

"ओह नो!" शालिनी घबराई हुई सी.बी.आई ऑफिस के बाहर खड़े रंजीत के पास पहुंची। रंजीत मोबाइल पर किसी से बात कर रहा था।

"रंजीत, रंजीत, गज़ब।" शालिनी अपनी पूरी बात कह भी नहीं पाई थी कि रंजीत ने इशारा करते हुए धीरे से कहा, "फ़ोन पर बात करने के बाद बात करते हैं।"

शालिनी ने इस बीच पुनीत को बताया, "यहां तो डैड नहीं हैं, दो दिन से कोई भी व्यक्ति पूछताछ के लिए यहां नहीं आया है।"

"क्या बात कर रही हो?" पुनीत फ़िक्रमन्द आवाज़ में बोला।

"हाँ... बोलो।" रंजीत ने फ़ोन पर अपनी बात पूरी करने के बाद शालिनी के पास आकर कहा।

"रंजीत! डैड तो यहां नहीं हैं। पता चला कि यहां पिछले दो दिन से कोई भी पूछताछ के लिए नहीं लाया गया।" शालिनी ने रंजीत को बताया।

"हाँ शालिनी। मैं डी.जी.पी. साहब से भी जानकारी ले रहा था। उनका भी कहना था कि पुलिस की जानकारी में ऐसा कोई

सी.बी.आई. ऑपरेशन नहीं हुआ है।" रंजीत शालिनी का हाथ पकड़कर बोला।

"हमें तो इसमें किसी नई और खतरनाक साज़िश की बू आ रही है।" रहमान बोला।

"अब क्या साज़िश होगी?" राधा वेंकट ने रहमान से पूछा।

"चारों तरफ़ साइबर क्राइम से जुड़ी कम्पनियों पर ताबड़तोड़ छापे पड़ रहे हैं, गिरफ्तारियाँ हो रही हैं... कम्पनियां सील की जा रही हैं, हो सकता है।" रहमान अपनी बात पूरी करने से पहले राधा की तरफ़ देखते हुए बोला।

"राधा! आप शेखर या शेखर की कम्पनी के किसी व्यक्ति को फ़ोन मिलाकर पूछो, वो कहां है?" रहमान ने राधा से कहा।

राधा ने पहले शेखर को फ़ोन मिलाया, फिर उसकी सेक्रेट्री को फ़ोन किया, शेखर का फ़ोन बन्द था। सेक्रेट्री के फ़ोन पर आ रहा था यह नम्बर मौजूद नहीं है।

"शेखर के दोनों नम्बर बन्द हैं।" राधा ने बताया।।

"हमें इसकी कम्पनी का पता लगाना चाहिए, वहां क्या चल रहा है?" रंजीत ने चिंतित स्वर में कहा।

सभी लोग वापस पुनीत के ऑफिस आ गये थे।

इसी बीच रंजीत के पास डी.जी.पी. का फ़ोन आया।

"रंजीत, शेखर की गुडगांव वाली कम्पनी में तो दो दिन से ताला लगा है। वहां कोई नहीं है। इसके खिलाफ़ कोई एफ.आई.आर. भी नहीं है। इसलिए इसे सील भी नहीं किया गया है।" डी.जी.पी. ने रंजीत को जानकारी दी।

"लेकिन रंगराजन जी भी तो गायब हैं। सी.बी.आई. ऑफिस में भी नहीं थे। तो कहाँ गये? क्या हुआ?" रंजीत से चिन्तित स्वर में बोला।

"ठीक है, मैं सुप्रीम के ऑफिस आता हूं। आप एक काम करो इस घटना के समय जो लोग भी रंगराजन जी के साथ मौजूद थे, उन्हें यहीं बुला लो।" डी.जी.पी. ने रंजीत को सुझाव दिया।

"ठीक है, हम आपका इन्तज़ार कर रहे हैं।" रंजीत ने जवाब दिया।

"शालिनी, आप राजू राठी को फ़ोन कर यहीं बुला लो।" रंजीत ने शालिनी से कहा।

शालिनी ने राजू राठी को फ़ोन मिलाया।

राजू राठी का फ़ोन बन्द आ रहा था।

"उसका फ़ोन बन्द आ रहा है, लैण्डलाइन भी कोई नहीं उठा रहा है।" शालिनी ने रंजीत का हाथ पकड़ते हुए फ़िक्र के साथ कहा।

"आप अपने घर जाकर उसे ले आओ, हो सकता है, फ़ोन की बैट्री खत्म हो गई हो, सो रहा हो।" रहमान ने शालिनी को सुझाव दिया।

"रंजीत आप भी मेरे साथ चलो, मुझे घबराहट सी हो रही है, प्लीज़।" शालिनी, रंजीत से बोली।

शालिनी और रंजीत, रंगराजन की कोठी पहुँचे। दोनों सीधे अन्दर गये। ड्राइंगरूम में कोई नहीं था।

"राजू... राजू कहाँ हो?" शालिनी ने आवाज़ लगाई।

शालिनी ऊपर के हिस्से में, रंजीत कोठी के अन्य कमरों की तरफ़ तेज़ी से दौड़-भाग कर राजू को तलाश रहे थे। जिस तरह का सन्नाटा था, उससे इन दोनों ने किसी अन्जाने खतरे को आसानी से महसूस कर लिया था।

"यहाँ तो कोई भी नहीं है। कमाल है। मुझे तो बहुत गड़बड़ लग रही है।" शालिनी, रंजीत से बोली।

दोनों लॉन की तरफ़ गये, जहाँ एक बूढ़ा माली पेड़ों में पानी डाल रहा था? शालिनी को देखकर पाइप लॉन में छोड़कर, माली शालिनी के पास आता हुआ बोला।

"नमस्ते बिटिया, कब आई बिटिया? घबराई लग रही हो, सब ठीक तो है ना?" माली ने गमछे से अपना पसीना पोंछते हुए पूछा।

"हां, सब ठीक है। राजू कहाँ है? उसे ढूंढ़ रही हूँ।" शालिनी ने माली से पूछा।

"बिटिया, राजू तो एक घण्टे पहले ही एक शानदार गाड़ी से किसी साहब के साथ चला गया है।" माली ने बताया।

"शानदार गाड़ी! साहब कैसा था? वो आदमी जिसके साथ राजू गया है।" शालिनी ने माली से पूछा।

"वो गाड़ी में ही बैठा था। काला चश्मा लगाए था। ज़्यादा ठीक से नहीं देख पाया, बिटिया।" माली ने जवाब दिया।

"क्या हुआ, सब ठीक तो है? साहब भी नहीं दिख रहे हैं।" माली ने शालिनी से हाथ जोड़कर पूछा।

"हाँ, हाँ, ठीक है।" कहकर शालिनी अन्दर जाकर पुन: कोठी के कमरों की तलाश करने लगी। शालिनी रंगराजन के पर्सनल कमरे के बाहर गई तो, कमरा लॉक था।

"रंजीत! डैड का कमरा लॉक है। ऐसा बहुत कम होता है कि वो अपना कमरा लॉक करके जायें।" शालिनी ने रंजीत को बताया।

"तुम उनके किसी बिजनेस पार्टनर या डिस्ट्रीब्यूटर को जानती हो, जिससे रंगराजन कम्पनी का बड़ा लेन-देन होता रहा हो?" रंजीत ने शालिनी से जानकारी चाही।

"हाँ, सिंघवी सेल्स एण्ड सर्विस। हमारी कम्पनी का सबसे बड़ा डीलर है, अरबों का टर्नओवर है। हमारा माल एक्सपोर्ट भी वही करता है।" शालिनी ने बताया।

"उनके मालिक का नम्बर, है आपके पास?" रंजीत ने शालिनी से पूछा।

"नहीं! वो तो राजू राठी या कम्पनी के ऑफिस में होगा।" शालिनी ने बताया।

"लेकिन राजू राठी। यहाँ कहाँ है? देखो किसी कम्पनी के आदमी से उनका नम्बर लेकर बात करो और हाँ, रहमान और राधा वेंकट को भी यहाँ फ़ौरन बुला लो।" रंजीत शालिनी से कहते हुए कमरों की तलाश में जुट गया।

शालिनी ने रहमान को फ़ोन मिलाकर कहा, "रहमान, तुम राधा के साथ फ़ौरन कोठी पर आ जाओ।"

"क्या हुआ? बहुत देर कर दी। सब ठीक है ना?" रहमान ने उधर से कहा।

"तुम लोग, आ जाओ, बताते हैं।" शालिनी ने कहा।

"ठीक है, ठीक है बाबा, पाँच मिनट में आते हैं।" उधर से रहमान ने कहा।

फ़ोन रखकर रहमान और राधा सीधे रंगराजन की कोठी के लिए निकल गये।

राधा के साथ रहमान भी रंगराजन की कोठी पहुँच गये थे।

"आप लोगों ने बहुत देर कर दी। क्या हुआ?" रहमान ने पूछा।

"राजू राठी, यहाँ नहीं है। डैड के कमरे में लॉक है। माली बता रहा है कि राजू राठी किसी शानदार गाड़ी से एक आदमी के साथ कहीं गया है।" रंजीत ने रहमान को बताया।

"ओह नो! जो शक था, वह पक्का होता जा रहा है।" रहमान गहरी सांस लेकर बोला।

"शक! कैसा शक? क्या हुआ? कुछ बताओ ना।" शालिनी रहमान से बोली।

"कुछ नहीं, मुझे समझने दो। राजू राठी जब तुम लोगों से मिला था तो घर पर अकेला था, या?" रहमान ने शालिनी से पूछा।

"नहीं उस वक्त तो वो अकेला ही था, लेकिन उसकी बात में कई तरह का कन्ट्राडिक्शन दिख रहा था।" रंजीत ने उस समय की बॉडी लैंग्वेज का एहसास करते हुए कहा।

"कन्ट्राडिक्शन! मतलब? ठीक है, चलो आगे देखते हैं। सीसीटीवी, तो कोठी में लगा है ना?" रहमान ने शालिनी से पूछा।

"हाँ, लेकिन सिर्फ़ ड्राइंग रूम, मेन गेट, पोर्टिको और लॉन में लगा है।" शालिनी ने छत पर देखते हुए कहा।

"सीसीटीवी की मेन यूनिट कहां रखी है?" रहमान ने पूछा।

"वो तो डैड के रूम में रखा होता है और वो लॉक है।" शालिनी ने ऊपर की तरफ़ इशारा करते हुए कहा।

"हमें समय बर्बाद नहीं करना चाहिए। रूम का लॉक तोड़कर सीसीटीवी यूनिट को प्ले करके देखना होगा कि रूम या कोठी में कौन आया था और राजू राठी किसके साथ गया है।" रहमान ने शालिनी और रंजीत से कहा।

"शालिनी आप फ़ौरन सिंघवी सेल्स के मालिक का नम्बर ढूँढ़ कर उनसे बात करो। हम रंगराजन जी के कमरे का लॉक तोड़कर सीसीटीवी यूनिट को देखते हैं।" रंजीत, शालिनी से बोलकर ड्राइंगरूम से रंगराजन के कमरे को जाने वाली सीढ़ी पर चढ़ने लगा।

शालिनी सिंघवी का नम्बर पता करने की कोशिश करने लगी। उसने कम्पनी की एक रिसेप्शनिस्ट को फ़ोन कर पूछा।

"मैं शालिनी बोल रही हूँ।"

"जी मैडम।" उधर से आवाज़ आई।

"तुम्हारे पास सिंघवी सेल्स के मालिक राघव जी का नम्बर होगा क्या?" शालिनी ने पूछा।

"हाँ मैडम, है तो, लेकिन मुझे देखना पड़ेगा। दस मिनट में ढूँढ़ कर आपको कॉल बैक करती हूँ।" उधर से लड़की ने कहा।

"ठीक है। मैं तुम्हारे फ़ोन का इन्तज़ार करती हूँ।" कह कर शालिनी ने फ़ोन काट दिया।

"क्या हुआ शालिनी, मिला नम्बर?" राधा ने पूछा।

"हाँ, मिल जायेगा।" शालिनी ने जवाब दिया।

थोड़ी ही देर में उस लड़की का शालिनी के पास फ़ोन और व्हाट्सएप्प दोनों आ गया, जिसमें राघव सिंघवी का नम्बर भेजा गया था।

"राधा तुम ऊपर जाकर रंजीत की मदद करो। मैं फ़ोन कर के आती हूँ।" शालिनी ने राधा से कहा।

शालिनी ने राघव सिंघवी को फ़ोन मिलाया।

"मैं शालिनी बोल रही हूं, राघव जी।" शालिनी ने फ़ोन पर सिंघवी से कहा।

"हाँ, बोलो शालिनी। सब ठीक तो है? सामान मिल गया था ना? मैं रंगराजन जी को फ़ोन मिला रहा था, कनेक्ट नहीं हुआ। अच्छा हुआ तुम्हारा फ़ोन आ गया।" सिंघवी सेल्स के मालिक राघव सिंघवी ने शालिनी से कहा।

"सामान! कैसा सामान, समझी नहीं राघव जी?" शालिनी ने इधर से पूछा।

"ओह! शायद रंगराजन जी ने तुम्हें नहीं बताया होगा। रंगराजन जी हैं क्या? बात कराओ शालिनी।" राघव ने उधर से कहा।

"वो तो नहीं हैं, पर स... स... सामान!" शालिनी की बात अधूरी ही थी कि उधर से राघव सिंघवी बोले, "ठीक है, राजू राठी से बात कराओ, उसी को दिया था।"

"राघव जी, वो भी नहीं है। वो कहीं गया हुआ है। हमें बताइए ना राघव जी क्या बात है?" इधर से शालिनी बोली।

"ठीक है, मैं थोड़ी देर में तुमको फ़ोन करता हूं।" उधर से राघव बोला।

राघव सिंघवी से बातकर शालिनी तेज़ी से रंगराजन के कमरे में पहुंची तो नज़ारा देखकर आश्चर्यचकित हो गई। रंगराजन की तिजोरी खुली पड़ी थी। पूरी तरह खाली थी। सीसीटीवी कन्ट्रोल यूनिट बिखरी पड़ी थी। सीसीटीवी का तार डिस्कनेक्टेड, बिखरा पड़ा था। राधा सिर पकड़कर पलंग पर हताश-निराश बैठी थी।

"शालिनी जी, ये तो गड़बड़ है। मुझे तो लगता है, राजू राठी की कोई साज़िश है।" राधा शालिनी को देखकर बोली।

"हमें फ़ौरन राजू राठी को उसके फ़ोन लोकेशन से ट्रैक करना चाहिए। मैं अभी डी.जी.पी. साहब से बात करता हूं।" रंजीत ने कहकर डी.जी.पी. को फ़ोन मिलाया।

"सर, सॉरी बहुत गड़बड़ हो रही है।" रंजीत डी.जी.पी. से बोला।

"अरे भैया! मुझे यहां बुलाकर, तुम लोग कहां उड़न-छू हो गये?" डी.जी.पी. मज़ाकिया लहजे में बोले।

"सर, बाकी बात मिलकर बताते हैं। प्लीज़, राजू राठी के ये

नम्बर हैं, इसके लोकेशन को फ़ौरन ट्रैक करा लें, अर्जेन्ट है।" रंजीत जल्दी-जल्दी बोलता गया।

"ठीक है, लेकिन हुआ क्या? वो तो अभी ट्रैक हो जायेगा।" डी.जी.पी. ने जवाब दिया और साइबर सर्विलांस सेल को राजू राठी के फ़ोन लोकेशन को ट्रैक करने का निर्देश दिया।

"बहुत शातिर और सुनियोजित तरीके से यह सब किया गया है। ये किसी अनाड़ी नहीं, पक्के खिलाड़ी का काम है। पूरी कोशिश की गई है, कि कोई भी निशान बाकी ना रहे, सुराग ना मिले।" रहमान ने सी.सी.टी.वी. यूनिट के बिखरे-टूटे पड़े तारों और यूनिट को अपने हाथ में लेकर कहा।

शालिनी ठगी-सी खड़ी, रहमान की बात सुन रही थी, तभी राधा ने शालिनी के कंधे पर हाथ रखते हुए पूछा।

"मैडम! सिंघवी सेल्स के मालिक से बात हो गई आपकी?"

"क्या बात हुई, उन्होंने कुछ बताया?" राधा शालिनी के पास आकर बोली।

"नहीं-नहीं, वो तो उल्टा मुझसे पूछ रहे थे, कि सामान मिल गया ना, जो मैंने भेजा था।" शालिनी ने बताया।

"सामान! कैसा सामान?" राधा हड़बड़ा कर बोली।

"यही तो मेरी भी समझ में नहीं आया, सिंघवी साहब, डैड से बात करने को कह रहे थे, जब मैंने कहा वो नहीं हैं, तो उन्होंने राजू से बात करने को कहा और हाँ, ये भी कहा कि राजू से बात कराओ, वही ले गया था।" शालिनी परेशान मुद्रा में बोली।

"जब मैंने कहा कि राजू भी नहीं है, मुझे बताइए ना पूरी बात, तो उन्होंने कहा ठीक है, मैं बाद में फ़ोन करता हूँ।"

इसी बीच में ही राघव सिंघवी का शालिनी के पास फिर से फ़ोन आ गया।

"शालिनी! मैं राघव बोल रहा हूँ। उस वक्त कुछ लोग मेरे साथ बैठे थे, इसलिए खुल कर बात नहीं कर पा रहा था।" उधर से राघव बोला।

“जी राघव जी, कोई बात नहीं, बताइए ना वो सामान भेजने वाला क्या किस्सा है?” शालिनी ने पूछा।

“रंगराजन जी ने शायद तुम्हें ना बताया हो। राजू भी, हो सकता है, उन्हीं के साथ हो। कुछ अर्जेन्ट ज़रूरत थी उनको। उसी की बात कर रहा था।” राघव ने शालिनी ने कहा।

“राघव जी! सामान का मतलब समझी नहीं।” शालिनी ने पूछा।

“शालिनी! वो रंगराजन जी का अचानक फ़ोन आया था, अर्जेन्ट 100 करोड़ के लिए। किसी तरह से इकट्ठा करा कर कल ही रात राजू राठी को दे दिया था।” राघव सिंघवी ने उधर से बताया।

“सौ करोड़ कैश? ओह!” शालिनी ने घबरा कर पूछा।

“क्यों, क्या हुआ? सब ठीक तो है ना? हो सकता है, रंगराजन जी ने तुम्हें ना बताया हो। फ़िक्र मत करो, बिजनेस में ऐसा होता रहता है।” राघव ने शालिनी से कहा।

“न... न.... नहीं, ठीक नहीं है। मैं आपसे बाद में बात करती हूँ।” कहकर शालिनी ने फ़ोन काट दिया।

उधर डी.जी.पी. को राजू राठी के लोकेशन, इन्टरनेशनल एयरपोर्ट के सामने जैमिनी रिसॉर्ट का पता चल चुका था। पुलिस ने एयरपोर्ट और रिसॉर्ट को पूरी तरह घेर लिया था। इसी दौरान डी.जी.पी. ने, राजू राठी देश से कहीं भाग ना पाये, इसलिए उसके खिलाफ़ रेड कॉर्नर नोटिस भी जारी करवा दिया था। पुलिस का स्पेशल दस्ता एयरपोर्ट के अन्दर भी कड़ी निगरानी कर रहा था। क्योंकि डी.जी.पी. को इस बात का एहसास हो चुका था कि कुछ ना कुछ गड़बड़ हुई है और इसका मास्टर माइन्ड राजू राठी हो सकता है। इसीलिए हर तरह से राजू राठी की घेराबन्दी का इन्तजाम रातों-रात कर दिया गया था। डी.जी.पी. ने रंजीत को राजू राठी के लोकेशन की जानकारी भी दे दी थी और अभी तक की गई कार्यवाही से भी अवगत करा दिया था।

शालिनी ने सिंघवी से बात खत्म कर, रंजीत और रहमान को

राघव सिंघवी से 100 करोड़ रुपया राजू राठी के लेकर आने की बात बताई।

"वो तो हमें शक था ही। इस तिजोरी में कितना और क्या-क्या रहता होगा?" रंजीत ने शालिनी से पूछा।

"पता नहीं पर काफ़ी कुछ रहता होगा।" शालिनी ने रंजीत को बताया।

"हमें फ़ौरन पुलिस को पूरा घटनाक्रम बताना होगा और बिना समय गंवाए। उनकी मदद लेनी होगी।" रहमान बोला।

रंजीत ने डी.जी.पी. को फ़ोन मिलाया, "सर काफ़ी गड़बड़ हुई है। सब कुछ बिखरा पड़ा है। कुछ समझ में नहीं आ रहा है।"

"मुझे पता है। अन्दाज़ा था कि इस पूरे काण्ड में राजू राठी की-पर्सन है। उसका पता लगा चुका हूँ।" डी.जी.पी. ने बताया।

"हमें क्या करना है?" रंजीत ने डी.जी.पी. से पूछा।

"रंजीत! तुम फ़ौरन इन्टरनेशनल एयरपोर्ट के जैमिनी रिसॉर्ट पहुंचो। राजू राठी और उसके साथ के कुछ लोग यहीं हैं। हमने उन्हें पूरी तरह घेर रखा है।" डी.जी.पी. बोले।

"गुड! थैंक्स सर, हम अभी आते हैं।" रंजीत-रहमान-शालिनी-राधा सीधे इन्टरनेशनल एयरपोर्ट के जैमिनी रिसॉर्ट के लिए निकल गये। रास्ते में रंजीत ने पुनीत को फ़ोन कर जैमिनी रिसॉर्ट पहुँचने को कहा।

"सर, बहुत गड़बड़ हो चुकी है। अभी बात करने का वक्त नहीं है, प्लीज़, आप इन्टरनेशनल एयरपोर्ट के जैमिनी रिसॉर्ट पहुँचिए, हम भी वहीं जा रहे हैं।" रंजीत ने जल्दबाज़ी में पुनीत से कार में बैठे हुए ही बात की।

"ठीक है! ठीक है! मैं पहुँचता हूँ।" पुनीत ने उधर से कहा।

शालिनी और रंजीत सहित चारों लोग जैमिनी रिसॉर्ट पहुँच चुके थे। रिसॉर्ट को पुलिस ने चारों तरफ़ से घेर रखा था। डी.जी.पी. एवं कुछ अन्य पुलिस अधिकारी वहां पहले से मौजूद थे। जैमिनी रिसॉर्ट पुलिस छावनी जैसा दिख रहा था।

डी.जी.पी. लॉबी में रिसॉर्ट के मैनेजर से बात कर रहे थे।

"क्या, तुम्हारे यहां राजू राठी नाम का कोई व्यक्ति ठहरा है?" डी.जी.पी. ने पूछा।

"सर, इस नाम का कोई गेस्ट नहीं है।" मैनेजर ने बताया।

"चेक-इन के वक्त आई.डी. लेता है या नहीं?" डी.जी.पी. के साथ खड़े दूसरे पुलिस अधिकारी ने कड़े शब्दों में कहा।

"सर... सर, वो तो बिना लिए एन्ट्री ही नहीं होती।" मैनेजर हकलाते हुए बोला।

"फिर इस नाम, उस नाम क्या कर रहा है?" डी.जी.पी. बोले।

"देखो जब तक पुलिस कार्यवाही चल रही है तब तक तुम्हारे रिसॉर्ट का कोई गेस्ट न बाहर जायेगा ना अन्दर आयेगा, समझे?" डी.जी.पी. ने कड़क आवाज़ में कहा।

"सर, पूरे होटल में सीसीटीवी लगे हैं। काउन्टर पर भी है। हमें सीसीटीवी फुटेज चेक करनी चाहिए, पता लग जाएगा कि कौन आया, कौन गया।" रहमान ने डी.जी.पी. को सलाह दी।

"ठीक कहते हो। तुम, शालिनी, रंजीत और वो लड़की हमारे पुलिस ऑफिसर के साथ मैनेजर के रूम में जाकर सीसीटीवी फुटेज देखो, मैं कुछ और भी देखता हूं।" डी.जी.पी. ने रहमान से कहा।

तीनों लोग पुलिस ऑफिसर के साथ मैनेजर के कमरे में चले गये, वहां सीसीटीवी फुटेज देखने लगे। देखते-देखते राधा जोर से बोली "अरे! ये तो शेखर अन्दर आ रहा है।"

"ओह! रिवाइन्ड करो।" रहमान मैनेजर से इशारा करता हुआ बोला।

फिर रिवाइन्ड कर के स्लो-मोशन में देखा तो शेखर और उसके साथ तीन लोग, साथ में चार बड़े बैग लेकर रिसॉर्ट के मेन गेट में प्रवेश करते दिख रहे हैं।

"ओह नो! यानी शेखर भी यहीं है। रंजीत, फ़ौरन उसका मोबाइल लोकेशन पता करवाओ।" रहमान ने रंजीत को कहा।

रंजीत ने डी.जी.पी. को शेखर का लोकेशन ट्रेस करने की रिक्वेस्ट की।

"मुझे पता है। वो साला भी यहीं है। मैं यही काम कर रहा था।"

"लेकिन इसने अपना मोबाइल, अपने साइबर ऑफिस में छोड़ रखा है। घाघ है। ताकि इसका लोकेशन इसका ऑफिस दिखे। लेकिन इसकी लगातार दूसरे मोबाइल से राजू राठी से बातचीत चल रही थी। कॉल रिकॉर्ड कराने पर शेखर की आवाज़ मैच कर गई और पता लग गया था कि ये भी इसी रिसॉर्ट में विराजमान है।" डी.जी.पी. ने रंजीत के कंधे पर हाथ रखते हुए कहा।

"तुम लोग जाओ, सीसीटीवी फुटेज खंगालो, मुझे तो उम्मीद है। काफ़ी कुछ मिलेगा।" डी.जी.पी. ने कहा।

रंजीत मैनेजर के कमरे में सीसीटीवी फुटेज देखने वापस चला गया।

थोड़ी देर में ही सीसीटीवी के फुटेज में राजू राठी भी होटल में आता दिखा, इसके साथ एक व्यक्ति और था।

"राजू राठी के साथ कौन है?" रहमान ने शालिनी से पूछा।

"मैं भी नहीं पहचान पा रही हूं।" शालिनी ने कहा।

"ये सब तो ट्रेस हो गये, पर रंगराजन जी तो पूरे फुटेज खंगालने पर भी कहीं आते-जाते नहीं दिख रहे हैं।" रंजीत ने चिन्ता के साथ कहा।

"फ़िक्र मत करो, इनको पकड़कर लाने दो। ये सब बताएंगे।" वहां बैठे पुलिस अफ़सर ने पुलिसिया अन्दाज़ में कहा।

शेखर, राजू राठी और उसके साथी तीन अलग-अलग कमरों में ठहरे थे। पुलिस पहले शेखर के कमरे पर गई, उसे निकाल कर बाहर लाई, फिर राजू राठी को। इन लोगों के साथ-साथ चार लोग और थे उन्हें भी बांधकर नीचे लाई।

नीचे लॉबी के किनारे एक हिस्से में इन्हें जानवरों की तरह बांधकर ज़मीन पर बैठा दिया गया था। इनके आसपास पुलिस का घेरा था।

शेखर का कॉलर पकड़कर खड़ा करते हुए डी.जी.पी. ने पूछा, "रंगराजन जी को कहाँ छुपा रखा है? हमें बिना वक्त गंवाए, अभी बताओ। वर्ना तेरा क्या होगा, तुझे पता है।"

"रंगराजन... रंग... रंग!" शेखर हकलाते हुए चुप हो गया।

"हाँ! जिनसे तूने फिरौती ली है और आज रात 3 बजे की फ़्लाइट से दुबई जा रहा था, साले।" कहते हुए डी.जी.पी. ने एक ज़ोरदार थप्पड़ शेखर के गाल पर जड़ा।

"साहब... साहब... हमें... हमें।" शेखर गिड़गिड़ा कर बोला।

साथ खड़े इंस्पेक्टर ने शेखर का हाथ पकड़कर कई ज़ोरदार घूंसे जड़े। शेखर चीख पड़ा।

इस बीच राजू राठी की भी पिटाई और पूछताछ चल रही थी।

"बोल साले, रंगराजन जी कहाँ हैं?" एक पुलिस अधिकारी ने राजू राठी के बाल पकड़कर थप्पड़ मारते हुए कहा।

"शेखर जानता है।" राजू राठी रोता हुआ बोला।

शेखर की काफ़ी पिटाई हो चुकी थी, उसके कमरे से रुपयों से भरे बैग भी पुलिस ने अपने कब्ज़े में ले लिये थे।

"पहले बता, कहाँ हैं रंगराजन जी?" एक पुलिस अधिकारी ने शेखर के पैर पर ज़ोरदार डंडा मारते हुए कहा। शेखर चीख-चीख कर गिड़गिड़ाने लगा।

"देख! तूने जहाँ भी रखा है- आकाश में, पाताल में, वो तो हम तेरी अंतड़ी से बाहर निकाल लेंगे।" एक अन्य पुलिस अधिकारी शेखर की उंगली को पिस्तौल से दबाता हुआ बोला।

"स... स... साहब! वो हमारी कम्पनी के बेसमेन्ट में हैं। प्लीज़, हमें अब मत मारो।" शेखर दर्द से चीखता हुआ बोला।

"सच बोल रहा है ना या इसमें भी तेरी मक्कारी है?" डी.जी. पी. ने कड़े शब्दों में कहा।

"नहीं साहब, सच ही बोल रहा हूँ। किसी को भेज कर दिखवा लें, साहब।" शेखर रोता हुआ बोला।

डी.जी.पी. पुलिस अफ़सर को इशारा करते हुए बोले।

"फ़ौरन जाओ, पता करो। उन्हें लेकर यहाँ आओ।"

"बता ये सब तूने क्यों, कैसे किया?" एक खतरनाक से दिखने वाले पुलिस अफ़सर ने शेखर के पैर पर डंडा मारते हुए पूछा।

"साहब, मुख्यमंत्री वाले काण्ड के बाद, पूरे देश में साइबर कम्पनियों और साइबर सुपारी का काम करने वालों पर चौतरफ़ा छापे पड़ रहे थे। ऐसी कंपनियां सील हो रही थीं। उससे जुड़े लोग गिरफ़्तार किये जा रहे थे। साहब! वैसे भी हमने फ़ेक न्यूज़, फ्रॉड वीडियो वायरल करने और ब्लैकमेलिंग का बहुत-सा धंधा किया।"

"वो तो हमारे पास तेरी पूरी हिस्ट्रीशीट है। अभी बता, तूने रंगराजन को क्यों किडनैप किया?" पुलिस अधिकारी शेखर को बीच में टोकता हुआ बोला।

"वही वही... बता रहा हूँ साहब, रंगराजन एण्ड कम्पनी को बदनाम और ब्लैकमेल करने का धमाकेदार फ़ेक वीडियो तैयार किया था। हालांकि सुप्रीम इन्टरनेशनल की तरफ़ से ये कॉन्ट्रैक्ट था। लेकिन क्योंकि कोई एडवान्स नहीं हुआ था, बाद में सुप्रीम और रंगराजन में समझौता हो गया और हमारा धमाकेदार प्रॉडक्ट कौड़ियों के भाव भी नहीं रहा।" शेखर ने बताते हुए आगे कहा कि "राजू राठी जो इस सौदे को नक्की करने में लगा था उसे भी कमीशन मिलना था। उसे भी दोनों का समझौता रास नहीं आया।"

"राजू राठी ने हमसे कहा कि हमें सीधी उंगली से नहीं अब टेढ़ी उंगली से घी निकालना होगा।" शेखर डरा हुआ सब बातें बताता जा रहा था।

"राजू राठी ने योजना के अनुसार पहले रंगराजन की कोठी के सीसीटीवी कनेक्शन काट दिये, फिर हम सी.बी.आई. टीम बनकर, रंगराजन की कोठी पहुँचे और रंगराजन को कब्ज़े में लेकर उसके बिजनेस का कच्चा-चिट्टा पूछने लगे।" शेखर घबराते हुए कहता-कहता, चुप हो गया।

सामने खड़े पुलिस अफ़सर ने शेखर की कनपटी पर रिवॉल्वर लगाते हुए कहा।

"साले गोली दिमाग में लगेगी, धुंआ नीचे से निकलेगा। तेरी लाश भी पहचानने वाला कोई नहीं होगा, बता पूरी बात।"

"हमने रंगराजन जी को टॉर्चर भी किया, उनकी पिटाई भी की और कहा कि तुम्हारी काली करतूतों का काला चिट्ठा हमारे पास है, तभी तुम्हारे यहां हमने छापा डाला है। तुम्हारी फैक्ट्रियां भी सील करेंगे। तुम्हें ज़िन्दगी भर जेल में सड़ना पड़ेगा।" शेखर पसीना पोंछता हुआ अपना गुनाह कबूल करता जा रहा था।

"रंगराजन, शालिनी को फ़ोन भी करना चाहता था। पर हमने उसे इजाज़त नहीं दी।" शेखर अपनी आंख से आंसू पोंछता हुआ बोला।

"साले, इजाज़त।" कहकर एक ज़ोरदार थप्पड़ डी.जी.पी. ने शेखर को जड़ा।

शालिनी सामने बैठी यह सब सुनकर फूट-फूटकर रो रही थी। रंजीत और रहमान भी हैरानी से इस कहानी को सुन रहे थे।

"फिर राजू राठी ने रंगराजन को सुझाव दिया कि मालिक हम बर्बाद हो जाएंगे। सब कुछ एक झटके में खत्म हो जायेगा। सी.बी.आई. वाले बहुत खतरनाक होते हैं। कुछ ले-देकर निपटा लेते हैं।" शेखर ने बताया।

"और साहब हमारी तरफ़ से 500 करोड़ की मांग की गई। राजू ने रंगराजन की किसी से बात कराई, वहां से सौ करोड़ और रंगराजन के पास से दो सौ करोड़ निकल पाए थे, पर सौ करोड़ लेने राजू राठी को कहीं जाना था, इसलिए हम पूछताछ के नाम पर रंगराजन को उठाकर अपनी कम्पनी के बेसमेन्ट में ले गये। राजू राठी कोठी पर ही रुक गया। तय हुआ था सौ करोड़ राजू राठी को मिलेगा, बाकी हमारा।" शेखर बोलता जा रहा था, उसका सारा बयान रहमान मोबाइल में रिकॉर्ड कर रहा था।

"लगभग तीन घंटे बाद राजू राठी चार सौ करोड़ लेकर आया। हमने रंगराजन को बेसमेन्ट के एक कमरे में हाथ-पैर बांधकर बन्द कर दिया था और रात तीन बजे की फ़्लाइट से दुबई जा रहे थे। तभी आप लोगों के शिकंजे में आ गये।"

"ये तो हुई तेरे पकड़े जाने के कारण की कहानी, लेकिन तूने और भी तो बहुत कुछ किया है। वो लिंचिंग वाला वीडियो भी तो तूने ही तैयार किया था, वायरल किया था। जिसको लेकर विधानसभा से लेकर संसद तक हिल गई थी। कई पुलिस अधिकारी सस्पेन्ड हुए थे।" डी.जी.पी. ने कड़ी आवाज़ में पूछा।

"सर... सर... सर... कौन सा? गांव वाला या ट्रेन वाला या मस्जिद के बाहर वाला।" शेखर हड़बड़ाता हुआ बोला।

"ओह! साले तेरे गुनाहों की गठरी कितनी मोटी है?" डी.जी.पी. बोले।

"नहीं सर, हमने ऐसे तो कई वीडियो बनाए हैं। ट्रेन वाला तो हमारे ही लोगों ने ट्रेन में बैठ एक व्यक्ति से मारपीट कर उसे शूट किया था। बाद में डब कर उसमें साम्प्रदायिक रंग भरा था। मस्जिद के पास वाला, जो दाढ़ी रखे व्यक्ति खड़ा था, उसे तो हमने दस हज़ार दे कर पिटने को कहा था। जब हंगामा हुआ और शक हम तक पहुँचने की आंच आई तो जिन आतंकी संगठनों ने सुपारी दी थी उन्हीं ने उसे मार कर फेंक भी दिया था और उसकी हत्या को साम्प्रदायिक रंग दे कर भी वीडियो वायरल कर दिया था। जिसे लेकर पूरे देश में बहुत हंगामा हुआ था। कई अन्तर्राष्ट्रीय एजेन्सियों ने भी भारत में अल्पसंख्यकों के साथ हो रहे जुल्मों पर चिन्ता व्यक्त की थी। मालिक, यही चाहता था।"

"मालिक! मतलब, कौन मालिक? किसके लिए ये सब कर रहा था?" डी.जी.पी. ने पूछा।

"जी साहब! हमने यह सब पड़ोस की एक बड़ी एजेन्सी से कॉन्ट्रैक्ट पर किया था। उसका मकसद था देश में दंगा-फसाद तो हो ही, भारत की छवि भी पूरी दुनिया में धूल-धूसरित हो और वो लोग अपने आतंकी मंसूबों में कामयाब हो सकें।"

"और तू इस राष्ट्र विरोधी काम में उनका यार बना था।" कहते हुए डी.जी.पी. ने एक ज़ोरदार थप्पड़ जड़ा।

"साहब! ये काम हम अकेले नहीं कर रहे हैं, इस देश में दर्जनों कम्पनियाँ और लोग हैं, जो इसी काम में लगे हैं।" शेखर हाथ जोड़कर गिड़गिड़ाते हुए बोला।

"वो तो हम पता लगा रहे हैं। ऐसे देश के दुश्मनों को चूहे के बिल से भी निकाल कर सज़ा देंगे।" डी.जी.पी. बोले।

"सर! इनकी हमारे देश में भी गहरी जड़ें हैं, कई बड़े-बड़े लोग इनके पार्टनर हैं, क्या बताऊँ साहब?" शेखर अपना सिर पकड़ कर बोला।

"चिन्ता मत करो। इनकी जड़ों में तेज़ाब डाल दिया गया है। तू यही सब कुछ अदालत में भी बताएगा तो शायद तेरे पाप का बोझ कुछ हल्का हो सके। हमें भी आगे की जांच में पूरा सहयोग कर। वैसे भी तुझे फांसी के फंदे से कोई नहीं बचा सकता। कम-से-कम फांसी पर चढ़ने से पहले कुछ राष्ट्रद्रोहियों के गले में रस्सी तो बांधता जा।" डी.जी.पी. गुस्से में लाल आंखों के साथ बोले।

"साहब! लालच में जितना पाप किया है, उसके बाद जीना भी नहीं चाहता।" शेखर, डी.जी.पी. का पैर पकड़कर बोला।

"मरेगा तो, पर अभी नहीं। तुझे तो कई गुनहगारों, देशद्रोहियों को अपने साथ लेकर मरना है।" डी.जी.पी. चीखते हुए बोले।

इन सब खुलासों को सुनकर साथ बैठे पुलिस ऑफिसर हक्का-बक्का थे। "सर! हम तो समझ रहे थे, ये सब टुचपुंजिया क्रिमिनल-ब्लैकमेलर हैं। ये सब देश के खिलाफ़ बड़े मन्सूबों से भरपूर, आतंकवादी से कम नहीं।" एक पुलिस ऑफिसर ने चिन्तित और गुस्से भरे स्वर में कहा।

"हाँ, देश में आग लगा कर ये अपना आशियाना सजाते थे और देश के दुश्मनों को खुश कर डॉलर की डोली में डोलते थे।" डी.जी.पी गुस्से और नफ़रत के साथ बोले।

"साहब! हम भी छोटा-मोटा चोरी ब्लैकमेलिंग करते-करते कब इतने बड़े दलदल में कूद पड़े, हमें भी पता नहीं चला।" शेखर रोता-गिड़गिड़ाता बोला।

"तुम सब ने देश का बहुत बड़ा नुकसान किया है। हम एक चीज़ ठीक करते, तो तुम लोग दूसरी अफवाह-फ़ेक न्यूज़, वीडियो वायरल कर देश का बन्टाधार करने में लगे थे।" डी.जी.पी दाँत पीसते हुए बोले।

"देश में तेरे और कितने छोटे-बड़े सेन्टर हैं, जहाँ से ऑपरेट करता था?" सामने खड़े इंस्पेक्टर ने शेखर से पूछा।

"साहब! हमारे ऑफिस के रिकॉर्ड से सब पता चल जायेगा।" शेखर बोला।

"वो तो कब्ज़े में आ चुका है। खंगाला जा रहा है। पर कितने साल से तू यह सब खेल कर रहा था?" डी.जी.पी ने पूछा।

"सर! ह... ह... हम तो सिर्फ़ पाँच-छह साल से इस धंधे में हैं।" शेखर ने हाथ जोड़कर बताया।

इसी बीच जो पुलिस अधिकारी रंगराजन को लेने गया था, वह घबराया हुआ अन्दर आते हुए बोला।

"सर! रंगराजन तो बेहोश हैं। सांस तो चल रही है, लेकिन हालत बहुत खराब लगती है।"

शालिनी और रंजीत यह सुनते ही रिसॉर्ट के बाहर खड़ी उस गाड़ी की तरफ़ भागे, जहां रंगराजन बेहोश लेटा था।

"डैड... डैड... डैड।" शालिनी ने रंगराजन के चेहरे पर हाथ फेरते हुए कहा।

"तुम लोग इन्हें फ़ौरन अस्पताल लेकर जाओ। हम आगे की कार्यवाही करते हैं।" डी.जी.पी. गुस्से से बोले।

रंजीत, शालिनी, पुनीत, रंगराजन को लेकर अस्पताल के लिए रवाना हो गये। रंगराजन को अस्पताल के आई.सी.यू. में भर्ती कराया गया। डॉक्टरों ने कहा, "हालत बहुत नाज़ुक है, चौबीस घण्टे देखना पड़ेगा।" यह कहकर डॉक्टर अन्दर चले गये। रंजीत, शालिनी, पुनीत बाहर दुखी बैठे थे, पुनीत अपने को कोस रहा था और अपराध बोध का एहसास कर रहा था, उसे लग रहा था कि 'ना राधा शेखर की कम्पनी को साइबर सुपारी देने गई होती ना यह सब होता।'

उधर शेखर, राजू राठी और उसके साथियों को पुलिस हथकड़ी डालकर थाने ले जा चुकी थी।

शेखर की कम्पनी पर पुलिस ने छापा मार कर सारा सामान कब्ज़े में ले लिया था। कम्पनी सील कर दी गई थी। इस कम्पनी की गतिविधियों की जानकारी आई.बी. और एन.आई.ए. को भी डी.जी.पी. ने दे दी थी।

शेखर के साथ पुलिस ने थर्ड डिग्री पूछताछ कर उससे दुबई, सिंगापुर कनेक्शन का भी पता लगा लिया था। एन.आई.ए. और इन्टरपोल की मदद से उन जगहों पर भी भारी छापेमारी और गिरफ़्तारी चल रही थी।

"साइबर सुपारी" के सूरमाओं की सिट्टी-पिट्टी गुल हो रही थी। इनका वर्षों से चल रहा फ़ेक न्यूज़, झूठे-मनगढ़न्त कहानियों का वीडियो बनाने और वायरल करने, ब्लैकमेलिंग, साम्प्रदायिक अफवाहों का धंधा बुरी तरह बेनकाब और बर्बाद हो चुका था।

शेखर की कम्पनी में तलाशी से ऐसी-ऐसी चौंकाने वाली चीज़ें मिल रही थीं जिसे देखकर रोंगटे खड़े हो रहे थे। पुलिस और केन्द्रीय एजेन्सियों ने वह तमाम फ़ेक न्यूज़, अफवाहें फैलाने वाले, राष्ट्रविरोधी और साम्प्रदायिक उन्माद फैलाने वाली सामग्री कब्ज़े में ले ली थी, सारी सामग्री का पोस्टमार्टम किया जा रहा था।

एक वीडियो देखकर टास्क फ़ोर्स और एजेन्सियों के पैरों तले ज़मीन खिसक गई। इसी वीडियो ने शहर में एक महीने तक दंगा-फसाद कराया था। दो सौ से ज़्यादा लोगों की मौत हुई थी। इस वीडियो में दिखाया गया था कि एक परिवार- यानी बुजुर्ग, महिला और बच्चा, अपने घर में नमाज़ पढ़ रहे हैं, कुछ लोग ठाटा बांधकर रिवॉल्वर और तलवार हाथ में लेकर उनके घर में घुसते हैं और चीखते हुए कहते हैं, "तुम लोगों का इस देश में कोई काम नहीं। तुम लोग भारत माता पर बोझ हो, गद्दार हो। जय श्रीराम।" कह कर उन तीनों को गोली मार देते हैं। उनकी लाश नमाज़ की चटाई पर खून से लथपथ पड़ी दिखती है। इस दंगे का

मुख्य कारण इस वीडियो का घर-घर वायरल होना बताया गया था। बाद में पुलिस और जाँच एजेन्सियों की जाँच से पता लगा था कि यह वीडियो पड़ोस की खुफिया एजेंसी का कारनामा था, लेकिन किसी को यह हवा तक नहीं लगी थी कि उस दुश्मन देश ने यह 'साइबर सुपारी' हिन्दुस्तान में ही बैठे शेखर जैसे गद्दार को दी थी और यह सारी साज़िश का ताना-बाना किसी हिन्दुस्तान कम्पनी से रचाया गया था।

इधर रंगराजन आई.सी.यू. में मौत और ज़िन्दगी से लड़ रहे थे। हालत दिन-प्रतिदिन बिगड़ती जा रही थी।

डॉक्टरों ने बताया कि रंगराजन की सदमे में एक किडनी डैमेज हो गयी है। क्योंकि वो शुगर के मरीज हैं और 24 घण्टे से बिना कुछ खाये-पिये बन्धक थे, इसलिए उनका मल्टी ऑर्गन बुरी तरह डैमेज हो गया है।

शालिनी ने डॉक्टर से कहा, "डॉक्टर हमारी किडनी ले लीजिए। प्लीज़, डैड को बचा लीजिए।"

"मैडम! हमें चेक करना होगा कि आपका ऑर्गन उनकी बॉडी में सूट भी करता है कि नहीं। उसके अलावा भी कई फार्मेलिटीज़ हैं।" डॉक्टर ने शालिनी को समझाया।

"नहीं डॉक्टर, आप हमारी एक किडनी ले लें। वैसे भी मेरे ऊपर बहुत बड़ा बोझ है, हो सकता है इससे हमारा बोझ कुछ हल्का हो।" पुनीत ने डॉक्टर से हाथ जोड़ते हुए कहा।

"पहले उनकी हालत सुधरने तो दीजिए, उनकी बॉडी रिस्पॉन्स तो करे, फिर देखते हैं।" डॉक्टर ने समझाते हुए कहा।

तभी तेज़ी के साथ नर्स भागती हुई डॉक्टर के पास आ कर बोली, "डॉक्टर, पेशेन्ट की सांस में कुछ प्रॉब्लम है।"

"ओह!" कह कर डॉक्टर तेज़ी से आई.सी.यू. की तरफ़ दौड़े।

डॉक्टर ने अन्दर जा कर रंगराजन की सांस, बदन आदि को चेक किया। पूरी तरह से रंगराजन का शरीर ठंडा पड़ चुका था। वेन्टीलेटर के बावजूद भी किसी तरह की हरकत नहीं दिख रही थी।

डॉक्टर सिर झुका कर शालिनी के पास आकर बोले।

"सॉरी! सारी कोशिशों के बावजूद नहीं बचा पाया।"

शालिनी सिसक-सिसक कर रोने लगी। रंजीत-पुनीत-रहमान-राधा भी बुरी तरह फूट-फूट कर रो रहे थे।

उधर, अपने ही अपराध बोध और विश्वासघात के बोझ तले दबे राजू राठी ने जेल जाने से पहले ही पुलिस लॉकअप में अपनी शर्ट को गले में बांधकर खुदकुशी कर ली थी।

<h1 align="center">11.</h1>

इस हादसे और दुःख से उबरने के बाद शालिनी ने रंगराजन एण्ड कम्पनी का सारा काम-काज संभाल लिया था। ईमानदारी के साथ अपने उत्पादन की क्वालिटी के दम पर बाज़ार में फिर से रंगराजन एण्ड कम्पनी छा गई थी, रंजीत और रहमान को कम्पनी के बोर्ड में रख लिया गया था।

उधर पुनीत और उसकी सुप्रीम इन्टरनेशनल दिन-ब-दिन डूबती जा रही थी, क्योंकि पुनीत इस घटनाक्रम के बाद अपराध बोध से बुरी तरह ग्रसित हो गया था। कम्पनी के काम में बिल्कुल दिलचस्पी नहीं ले रहा था।

हर समय यही सोचता रहता कि, "रंगराजन की मौत का ज़िम्मेदार मैं हूँ।"

शालिनी, रंगराजन एण्ड कम्पनी के बढ़ते काम से तो खुश थी, पर सुप्रीम के इस तरह डूबने और बर्बाद होने से दुखी थी।

"शालिनी, पुनीत का इस तरह कोप भवन में जाना और अपनी कम्पनी को खुद अपने हाथों तबाह करना, ठीक नहीं है।" रंजीत ने शालिनी से कहा।

"मैं भी यही सोच रही थी कि हमें कुछ करना चाहिए।" शालिनी ने रंजीत से कहा।

"मैं सुप्रीम के बोर्ड ऑफ डायरेक्टर राहुल राव को जानता हूँ, वो काफ़ी पहले सुप्रीम के बिजनेस प्रमोशन के लिए हमारी

मदद के लिए आये थे, हमें उनसे बात करनी चाहिए।" रंजीत ने कहा।

"ठीक है आप उनसे कॉन्टेक्ट कीजिए, मैं राधा वेंकट का पता करती हूं।" शालिनी ने कहा।

रंजीत, शालिनी के ऑफिस से निकल कर अपने चेंबर में चला गया। वहां से उसने सुप्रीम के डायरेक्टर राहुल राव को फ़ोन किया।

"राहुल जी! कैसे हैं?" रंजीत बोला।

"ठीक हूं भाई! आप कौन बोल रहे हैं?" उधर से राहुल राव ने जवाब दिया।

"राहुल जी! मैं रंजीत हूं। कुछ महीने पहले सुप्रीम के बिजनेस प्रमोशन के लिए आपसे मुलाकात हुई थी।" रंजीत ने याद दिलाते हुए कहा।

"ओह! रंजीत, इतने दिनों बाद, आपके तो काफ़ी चर्चे मीडिया में हैं। मैंने सोचा भी था कि आपसे सम्पर्क करूँ, पर मेरे पास आपका नम्बर नहीं था।" राहुल राव ने उधर से कहा।

"राहुल जी! क्या हम आज मिल सकते हैं?" रंजीत ने पूछा।

"रंजीत बाबू, अब तो सब कुछ बर्बाद हो चुका है, ना प्रमोशन ना डिमोशन। अब तो बस सुप्रीम का डेथ-डिक्लेरेशन बचा है।" राहुल राव दु:खी और निराशा भरी आवाज़ में बोला।

"राहुल जी! हर निराशा में आशा की किरण होती है। हम मिलकर बात करते हैं।" रंजीत ने कहा।

"ठीक है, अभी तो देर हो रही है, कल सुबह मिलते हैं।

वहीं आना है, जहाँ मैं पहले आया था?" राहुल राव ने पूछा।

"नहीं... नहीं। हम शामियाना रेस्टोरेन्ट में कल सुबह ग्यारह बजे मिलते हैं।" रंजीत ने जवाब दिया।

"ठीक है, आता हूँ।" राहुल राव ने कहा।

उधर शालिनी ने राधा वेंकट को फ़ोन किया।

"राधा! कहाँ हो? कितने दिन हो गये। न फ़ोन, ना कोई खबर।" शालिनी ने राधा से फ़ोन पर कहा।

“शालिनी जी! मैं ठीक हूँ। आप तो जानती हैं, कि रंगराजन सर की मौत के बाद पुनीत सर का बिल्कुल काम में इन्ट्रेस्ट नहीं रहा सुप्रीम में लगभग ताला बन्दी जैसी हो गई है, इसीलिए मैं तमिलनाडु अपने गांव आ गई और यहाँ बच्चों का एक प्ले स्कूल शुरू किया है।” राधा वेंकट ने शालिनी को जवाब दिया।

“ओह! वो तो ठीक है, लेकिन सुप्रीम को इस हाल में छोड़कर!” शालिनी ने राधा से कहा।

“देखो शालिनी, पुनीत के साथ मैं भी डिप्रेशन में आ गई थी। मुझे हमेशा महसूस हो रहा था कि रंगराजन सर की मौत की ज़िम्मेदार मैं हूँ। ना मैं साइबर ठगों के चक्कर में फंसती, ना यह सब होता।” राधा वेंकट सिसकती हुई बोली।

“नहीं राधा, तुम्हारा इसमें कोई दोष नहीं है और ना ही पुनीत का कोई गुनाह है। हम तो ऐसे रास्ते पर चल पड़े थे, कि अगर वक्त पर रास्ता ना बदला होता तो हममें से कोई नहीं बचता।” शालिनी ने राधा को समझाते हुए कहा।

“ये तो आपकी महानता है शालिनी जी, मुझे पता है आपने अपनी कम्पनी बहुत अच्छी तरह सम्भाल ली है।” राधा बोली।

“वो तो ठीक है, लेकिन मैं चाहती हूँ सुप्रीम फिर से मार्केट में सुप्रीम बने। तुम्हें पुनीत को तैयार करना होगा। मैं पूरी मदद करूंगी।” शालिनी ने राधा से कहा।

“शालिनी! मैं प्ले स्कूल में खुश हूँ, अब मैं लौटकर नहीं आ पाऊँगी। प्लीज़ समझो, मेरी आत्मा, मेरा ज़मीर मुझे अब इतने बड़े बिजनेस वर्ल्ड में दुबारा एन्ट्री की इजाज़त नहीं देगा। मैं यहाँ बहुत खुश हूँ। आप कामयाबी की बुलंदियां चूमो, मेरी दुआ है।” राधा भावुक अन्दाज़ में उधर से बोल रही थी।

“अच्छा, एक बार आकर मिलो, तो फिर देखते हैं, क्या करना है।” शालिनी ने सुझाव दिया।

“शालिनी! जितना मैं फ़ोन पर साफ़-साफ़ कह रही हूँ। तुम्हारे सामने नहीं कह पाऊँगी। हाँ, एक बात और कहना चाहती हूँ,

आपको शायद नहीं पता होगा कि पुनीत का रोम-रोम कर्ज में डूबा है। सुप्रीम के पहले के ऑर्डर भी फंसे पड़े हैं, अगर हो सके तो सुप्रीम को आप टेक ओवर कर लो। हम सब पर-पुनीत पर एहसान होगा।" राधा कहते-कहते रोने लगी और फ़ोन काट दिया।

रंजीत भी राहुल राव से मुलाकात कर वापस आ गया था, शालिनी-रंजीत-रहमान ड्राइंग रूम में बैठे हालात पर चर्चा कर रहे हैं।

"शालिनी! मेरी सुप्रीम के डायरेक्टर राहुल राव से मुलाकात हुई थी।" रंजीत ने बताया।

"ओह! गुड। क्या हुआ?" शालिनी ने पूछा।

"कुछ नहीं, खोदा पहाड़ निकली चुहिया।" रंजीत हाथ मलते हुए बोला।

"मतलब! समझी नहीं।" शालिनी उत्सुकता के साथ बोली।

"मतलब ये कि राहुल राव कम्पनी डूबने का एहसास होते ही पुनीत से अपना शेयर लेकर कम्पनी से काफ़ी पहले ही अलग हो गया है। उसके पुनीत से रिश्ते भी अच्छे नहीं रहे। ऐसा उसकी बात से महसूस हो रहा था, शायद वो खुद की अपनी कोई प्रॉडक्शन यूनिट खड़ी कर रहा है।" रंजीत ने बताया।

"रंजीत, मेरी राधा से बात हुई थी। वो तो अपने गाँव वापस चली गई है। वहाँ उसने बच्चों का प्ले स्कूल शुरू किया है। वो किसी भी हालत में वापस नहीं आना चाहती।" शालिनी ने दुखी मन से कहा।

"उसे बुलाने की कोशिश करनी चाहिए। उसका हम पर बड़ा एहसान है।" बीच में रहमान ने राय दी।

"राधा से ये भी कहा था कि आकर मिलो तो, लेकिन उसने साफ़ मना कर दिया। हाँ, उसने फ़ोन रखते-रखते एक बात ज़रूर कही थी कि पुनीत का रोम-रोम कर्ज में डूबा है। अगर आप मदद करना चाहती हैं, तो सुप्रीम को टेक ओवर कर लीजिए।" शालिनी ने बताया।

“गुड आइडिया। यह सुझाव हमें ठीक लगता है।” रहमान बोला।

“क्या खाक ठीक लगता है। पुनीत स्वाभिमानी व्यक्ति है। समझेगा... हम सुप्रीम को नहीं उसे खरीदने आये हैं।” रंजीत ने रहमान से कहा।

“शालिनी, मुझे पुनीत से बात करने दो। लेकिन तुम्हें एक कुर्बानी करनी होगी, बड़ी कुर्बानी है।” रहमान बोला।

“कुर्बानी! कुर्बानी! मतलब?” शालिनी और रंजीत एक साथ बोले।

“हाँ कुर्बानी। हमें सुप्रीम को टेक ओवर की बात नहीं करनी चाहिए, बल्कि पुनीत से अनुरोध करना चाहिए कि वो हमारी कम्पनी की सरपरस्ती करे।” रहमान ने आत्मविश्वास के साथ सुझाव दिया।

“यार, पहेली बुझाना बन्द करो, सीधे-सीधे बताओ करना क्या है?” रंजीत ने रहमान से कहा।

“मेरा मतलब साफ़ है। सुप्रीम को दोबारा ज़िन्दा करना नामुमकिन है। इसीलिए पुनीत के अनुभव और विश्वसनीयता को हम रंगराजन एण्ड कम्पनी के साथ जोड़कर पुनीत में फिर से आत्मविश्वास पैदा कर उसे सक्रिय कर सकते हैं।” रहमान ने समझाया।

“लेकिन सुप्रीम का क्या होगा, उसे कौन देखेगा? रंजीत ने सवाल किया।

“हमें सुप्रीम को दिवालिया घोषित करना होगा, वैसे भी सुप्रीम के सभी पार्टनर अपना-अपना हिसाब-किताब लेकर रफ़ू चक्कर हो चुके हैं, सिर्फ़ पुनीत बचा है।” रहमान बोला।

रंजीत-शालिनी, रहमान की बातों से संतुष्ट तो हो रहे थे, पर इतने उलझन भरे काम में हाथ डालने से घबरा भी रहे थे। सोच रहे थे कि मदद करने के चक्कर में कहीं हम नई उलझन तो मोल नहीं ले रहे हैं, फिर भी इन लोगों ने रहमान को पुनीत को समझाने और रास्ता निकालने की ज़िम्मेदारी सौंप दी।

रहमान, पुनीत से मिल कर इन हालात में क्या करना है, उसके बारे में उसे संतुष्ट करने की कोशिश करने, उससे मिलता है।

पुनीत की दाढ़ी बढ़ी हुई थी, कपड़े भी उजड़े-पुजड़े पहने थे, ऐसा लग रहा था, जैसे महीनों से पुनीत गोयल नहाया ना हो, आंखें भी लाल दिख रही थीं, जो कि किसी बीमार व्यक्ति का एहसास करा रही थीं। रहमान, पुनीत के पास पहुँच गया था। पुनीत के घर का ड्राइंग रूम भी उजड़ा-पुजड़ा था। पंखों में जाले साफ़ दिख रहे थे।

"पुनीत जी! आप ने ये क्या हाल बना रखा है? मुझे तो किसी ने बताया कि आप कुछ दिनों के लिए अपने कसौली वाले गेस्ट हाउस चले गये हैं। पर आप तो।" रहमान, पुनीत के हाथ को अपने हाथ में लेते हुआ बोला।

"रहमान! मैं अब बिल्कुल टूट गया हूँ। अब न जीने की तमन्ना है, ना काम करने की। हमारे सभी पार्टनर भी मुंह मोड़ कर अपना हिसाब-किताब कर हमें छोड़कर चले गये है।" पुनीत दुखी मन से बोला।

"वो सब हमें पता है। तभी तो हम आप के पास आये हैं।" रहमान ने कहा।

"अरे हाँ, शालिनी-रंजीत कैसे हैं? सुना है, शालिनी ने कम्पनी बहुत अच्छी तरह सम्भाल ली है।" पुनीत हल्का-सा मुस्कुरा कर बोला।

"जी सब ठीक हैं। उन सबने ही हमें आपके पास भेजा है। वो चाहते हैं, आप फिर से एक्टिव हों, काम करें।" रहमान, पुनीत से बोला।

"देखो रहमान, जब मन टूट जाता है, तो तन भी काम नहीं करता। अब मैं क्या एक्टिव होऊँगा? बहुत मुश्किल है। वैसे भी मैं।" पुनीत बोलते-बोलते रुक गया।

"वैसे भी क्या, बोलिये ना पुनीत जी?" रहमान ने पुनीत से अधूरी बात पूरी करने को कहा।

"कुछ नहीं, बस हाँ तुम बोलो, क्या कहना चाहते हो?" पुनीत ने रहमान से पूछा।

"पुनीत सर! हमें पता है, सुप्रीम इन्टरनेशनल बहुत दिक्कत में है। आप चाहते हुए भी कुछ नहीं कर पा रहे हैं। लेकिन शालिनी चाहती है, आप उसकी कम्पनी को हेड करें।" रहमान, पुनीत को देखता हुआ एक सांस में बोला।

"मतलब! मैं हेड करूँ! तुम लोगों का दिमाग तो ठीक है। मुझसे मेरी कम्पनी सम्भल नहीं रही है। तुम्हारी! क्यों मज़ाक कर रहे हो भैया?" पुनीत दुखी मन से बोला।

"नहीं पुनीत जी, आप गलत समझ रहे हैं। शालिनी और हम सब चाहते हैं, कि दोनों कम्पनियाँ मिलकर काम करें। जो आपकी देनदारी है, वो रंगराजन एण्ड कम्पनी की और जो रंगराजन एण्ड कम्पनी की लायबिलिटी है, वो सुप्रीम की। यानी दो जिस्म को एक जान बनाने की बात है।" रहमान, पुनीत के हाथ को अपने सीने से लगाता हुआ बोला।

"देखो, जो चीज़ नामुमकिन है, उसे मुमकिन नहीं बनाया जा सकता।" पुनीत बोला।

"नहीं सर, नामुमकिन को बिल्कुल मुमकिन बनाया जायेगा। बस आपका साथ चाहिए। प्लीज़ आप कपड़े बदलें और हमारे साथ चलिए। शालिनी-रंजीत आपका इंतजार कर रहे हैं।" रहमान ने पुनीत को सोफे से उठाते हुए कहा।

"ठीक है, चलता हूँ, मुझे भी शालिनी की याद आ रही थी।" कह कर पुनीत तैयार होने चला गया।

"रहमान के साथ, पुनीत रंगराजन एण्ड कम्पनी के ऑफिस पहुँच गया था।" शालिनी, पुनीत को देखते ही दौड़कर उसके गले लग गई।

"आपने क्या हाल बना रखा है? हमने तो इस गन्दगी से निकल कर दोनों कम्पनियों की तरक्की का संकल्प लिया था, पर ये क्या है?" शालिनी नाराजगी के साथ बोली।

"कुछ नहीं, बस यूं ही।" पुनीत धीरे से बोला।

"आपको रहमान ने कुछ बताया होगा पुनीत सर।" रंजीत ने कहा।

"हाँ, बताया है। लेकिन," पुनीत बोला।

"लेकिन–वेकिन कुछ नहीं। मुझे पता होता कि आपने अपना ये हाल कर रखा है, तो मैं कब की आपके पास पहुँच गई होती। मैं तो समझी आप कसौली में हैं।" शालिनी आंखों में आंसुओं के साथ भावुक होकर बोली।

"देखिए पुनीत जी, आपको अब दोनों कम्पनियों को सम्भालना है, बस।" रंजीत भी अपनी नम आंखें पोंछता हुआ बोला।

"अरे भैया, एक तो सम्भल नहीं पाई। दोनों! क्या कह रहे हो?" पुनीत निराश भाव से बोला।

"आप में वो शक्ति है, जिसका अन्दाज़ा आपको नहीं है, अब आप हमें आगे का काम करने दीजिए, प्लीज़।" शालिनी हाथ जोड़कर बोली।

पुनीत ने सिर झुका कर शालिनी की बात पर सहमति तो दे दी, पर उसके मन में भ्रम का भूत फिर भी हिचकोले ले रहा था।

सुप्रीम इन्टरनेशन, रंगराजन एण्ड कम्पनी में मर्ज हो गई और रंगराजन एण्ड कम्पनी ने सुप्रीम की सारी देनदारी–लायबिलिटी अपने ऊपर ले ली थी।

रंगराजन एण्ड कम्पनी के बोर्ड ऑफ डायरेक्टर की मीटिंग चल रही है। मीटिंग में शालिनी, रहमान, रंजीत के साथ ही पुनीत भी बैठे हैं।

मीटिंग में बोर्ड मेम्बरों से शालिनी कहती है, "आप सब को मालूम है कि सुप्रीम इन्टरनेशनल का रंगराजन एण्ड कम्पनी के साथ विलय हो चुका है। सुप्रीम के चेयरमैन पुनीत जी हमारे बोर्ड मेम्बर हो गये हैं।" सभी बोर्ड के सदस्यों ने ताली बजा कर पुनीत का स्वागत किया।

"मैं चाहती हूँ कि रंगराजन एण्ड कम्पनी का चेयरमैन भी चुन लिया जाए।" शालिनी बोली।

"मैडम, वो तो आप हो ही, स्वाभाविक चेयरमैन आप ही हो, चुन लेते हैं।" एक बोर्ड मेम्बर ने कहा।

"नहीं, मैं प्रस्ताव करती हूँ कि इस कम्पनी का नाम 'सुप्रीम-रंगराजन इन्टरनेशनल' होगा।" शालिनी ने कहा।

कुछ बोर्ड मेम्बरों को छोड़कर सभी ने ताली बजाकर इस प्रस्ताव का समर्थन किया।

"अब मैं सुप्रीम-रंगराजन इन्टरनेशनल के चेयरमैन के लिए श्री पुनीत गोयल का नाम प्रस्तावित करती हूँ।" शालिनी ने अपनी सीट से खड़े होकर आत्मविश्वास के साथ प्रस्ताव किया।

पुनीत यह सब कुछ आश्चर्यचकित होकर हैरान-परेशान देख रहा था और शालिनी को इशारे से मना करने की कोशिश कर रहा था। इस प्रस्ताव पर थोड़ी देर के लिए बोर्ड मीटिंग में सन्नाटा छा गया, बोर्ड मेम्बर हतप्रभ थे कि ये क्या हो रहा है। थोड़ी देर बाद सभी ने शालिनी के प्रस्ताव का एक मत से समर्थन कर दिया। पुनीत प्रस्ताव पास होने और चेयरमैन बनने के बाद बुरी तरह भावुक होकर रोने लगा।

"शालिनी, तुम लोग तो संकट के साथी हो, ये तो जानता था, पर आज के युग में, तुम्हारे जैसे लोग भी दुनिया में मौजूद हैं, ये नहीं जानता था।" कहकर पुनीत फूट-फूट कर रोने लगा।

शालिनी-रंजीत-रहमान भी पुनीत के फिर से सक्रिय होने और नये रूप में आने से खुश थे। उनमें खुशी के आंसू भी साफ़ दिख रहे थे।

पुनीत का अनुभव, विश्वसनीयता और शालिनी-रंजीत-रहमान के परिश्रम एवं बेहतरीन उत्पादन ने 'सुप्रीम-रंगराजन इन्टरनेशनल' को एशिया की बड़ी और प्रभावशाली कम्पनियों की श्रेणी में ला कर खड़ा कर दिया था।